二十四桥风月

苏子由 著

国际文化出版公司

·北京·

图书在版编目（CIP）数据

二十四桥风月 / 苏子由著. —北京：国际文化出
版公司，2023.6
ISBN 978-7-5125-1488-1

I.①二… II.①苏… III.①散文集－中国－当代
IV.① I267

中国国家版本馆 CIP 数据核字（2023）第 002844 号

二十四桥风月

作　　者	苏子由
责任编辑	戴　婕
出版发行	国际文化出版公司
经　　销	全国新华书店
印　　刷	天津中印联印务有限公司
开　　本	880 毫米 × 1230 毫米　　　32 开
	8 印张　　　　　　　　　　171 千字
版　　次	2023 年 6 月第 1 版
	2023 年 6 月第 1 次印刷
书　　号	ISBN 978-7-5125-1488-1
定　　价	52.00 元

国际文化出版公司

北京朝阳区东土城路乙 9 号　　　　邮编：100013
总编室：（010）64270995　　　　传真：（010）64270995
销售热线：（010）64271187
传真：（010）64271187-800
E-mail：icpc@95777.sina.net

自序

　　我平常写些诗歌、散文、随笔、小说，都算作个人的爱好，来表达一些我自己在生活与工作之余的所见、所闻、所思、所感，以及我对这个世界的一些观点与态度。

　　之前有些读者喜欢读我的某些诗歌，就认为我一定是如徐志摩、戴望舒那般深情款款、温情脉脉的人，或是一位不食人间烟火、飘在半空中的诗人，背后冒着仙气儿。我很抱歉，给一些读者朋友这样的错觉。

　　要我说，诗歌可能是最具欺骗性的一种文体，因为它短小精悍、凝练、风雅、精致，很容易简单化地勾勒出一个作者的形象标签。可仔细锤炼过的字句，也容易进入某种"创作状态"，这就像人站在麦克风前面，说话就容易拿腔拿调。有些感情表达也会被夸大，人的优点会被文字精简地显现出来。

　　所以，对尤其喜爱文艺的小姑娘们提醒一句，不要轻信深情款款的文字，很多人在荷尔蒙的激荡下，都很擅长写这类东西。

其实那主要就是一个手上的技术活儿，跟酿酒、修鞋、剃头差不太多。

有时候，我发现自己有一种迫不及待的心情，就是太想把自己了解与思考到的"浮皮浅陋"，或是生活背后的某种"美学"，呈现给读者，妄想以些许汉语文字，启迪那些在生活和工作中迷茫、困顿、不安的青年人，让他们逐渐领悟到某种"精神"。但我竟忘了自己或许也还有些许的迷茫、困顿和不安。

我也很害怕大家把我当作一个深情款款的才子，或是可以答疑解惑的老师，很担心大家期待过高，就容易失望。事实上，我不是什么才高八斗的贞夫情圣，当然我也不能自诩洞明世事。我不是什么思想家，不一定能写下什么惊世骇俗的真理，我只是一个热爱并认真生活着的寻常人，用一些闲逸的文字把想说的话写出来，让自己学会更好地生活。

事实上，我曾经跟大多数青年朋友一样，不知道生活是什么，但就是想要更好的生活。就像生活不见得有意义，但人们依然努力地活着。

也许，这源自一个人心中的信仰。

关于信仰，按照存在主义哲学家索伦·克尔凯郭尔的说法，信仰是一种选择，它是超越理性的。我们不必证明上帝是存在的，关键是我愿意相信这个行为本身。而且如果上帝真的存在，那就不是信仰而是事实了。

从过去到现在，我也还是一个理想主义者，也还是始终对新事物怀有好奇心，始终对未知保持尊重和探索欲，始终相信这个无常的世界还是有美好如云的东西。我相信汉诺威马那华贵而富有跳跃性的前蹄，我相信三月的春风那具有煽动性的号召力，我相信羞涩的犀牛可以被月亮牵着鼻子走，我也相信在爱情里，会用捧起玫瑰的决心，像吹干樱桃里的甜，奉献一生的唇。

更多地，我也越来越相信时间的力量，越来越相信生命的神圣。

当然，如果按事实讲，人生可能真的无终极意义，但并不妨碍我还是要去追寻生命的本源。像两千多年前，庄子由对生命价值的追问，构想出一种人生至境：独来独往，是谓独有。独有之人，是谓至贵。做一个独处生活着的人，做一个慎独之人，内心是充盈而富足的，在与生命周旋的过程中，找到安栖身心的寄寓，如孔丘之兰、和靖之梅、东坡之竹、米芾之石……

也许，在很多时候，我们愿意选择相信的某个人、某件事，以及某个理想，就是我们人生的意义。

我经常说，要想在如今这个社会赢得别人的尊重，或是找到自己生活的确幸，至少要有一样能拿得出手的看家本领和热爱。无论是乐器、短跑、写字、画画、泡茶、眼界，或能把男孩与姑娘逗得眉眼欢笑，还是捏泥人、房间归置、做思维导图，或说得出一瓶红酒的产地及年份，等等，这样的事，看似小到无关紧要，却在潜移默化中，大到可以影响人的生命轨迹与质量。

当然，信仰问题，因人而异，没有标准答案，这本书也不提供标准答案，我只是写出一些我的看法。

书里大多是我几年前写的文章，配图也大多是我拍摄的，个别由朋友拍摄的照片，他们也已欣然应允我在书中使用，不必署名，在此也感谢他们。书中有我对读书、写作、文学的思考，有对故乡、生命、未来的哲思，还有关于爱情、青春、金钱、生活、理想、孤独、自我、无常……但归根结底，这是一本生活的书。我和太阳一起东升西落，也和月亮一起孤独沉沦，年龄渐长，黑夜渐长，会有坚定，会有疑惑，但是也不困于惑。有疑便问，问了便思，思而有得，得而且行。我也好像只是走了自己该走的路，选择了自己该选择的生活，保留了心中那块该是干净的地方，坚持"有所为有所不为"，而后坚定地前行，日复一日，如是反复而已。

我经常说，生活不一定要追寻个世俗的道义礼法，达则孔明，穷则渊明，人皆草木，不必成材，重要的是活出自己生命的颜色。

很幸运，还有文学与音乐，得以让我生命的河流，汇入大海。

我的这本书，对有些读者朋友来说，乍一看，或有些许通俗、浅陋；又一看，或能看到一些文字的灵动与巧思；再一看，或能看到真诚、趣味与禅思，或能看到革新与旧知，或能看到孤独、斑斓、狡黠、苦痛与不安。这时候，也许书中的文字，会幻化成很多只温柔的小猫，跃进你的内心，让你适当顺着毛发抚摸几下，获得一些片刻的慰藉。

说到底，我是希望我写的文字轻松、闲逸、有趣一点，为你带来些乐趣与安慰。倘若在这之余，还可以给你带来一些生活的

启示，便不枉它被写出来，也算完成了它的使命，发挥了它的
价值。

　　总之，有些好处，大家尽可看看；如无好处，糊窗糊壁、覆
瓿覆盎而已，敬请广大读者指正！

崴子由

二〇二二年九月于北京

目录

第一辑

不如十年读书

我为什么写作

一

"为什么写作？"

这个问题，每个写字的人都会被问，抑或问自己。孔丘答过，拜伦、乔治·奥威尔答过，亨利·米勒、劳伦斯、海明威答过，王小波、冯唐也答过。这个问题说来也简单，说来也话长。

如果换成"智者"，如博尔赫斯，就会这样回答："我写作，不是为了名声，也不是为了特定的读者，我写作是为了光阴流逝使我心安。"光阴者，百代之过客也。写作，在那些流逝的光阴中抚慰人心。如果换成"敏感者"，如川端康成，就会这样回答："即使靠一支笔沦落于赤贫之中，我微弱而敏感的心灵也已无法和文学分开。"太敏感的心不容易快乐，但写作会使它快乐，而且是深沉的快乐。如果换成"激烈者"，如杜拉斯，就会这样回答："身处于一个洞穴之中，身处于一个洞穴之底，身处于几乎完全的孤独之中，这时你会发现写作会拯救你。"

文字求真，每个写字人在文字中探索人性中的无尽光明与黑暗。

写字其实没什么了不起。

只要会拿笔，只要会拼音，只要学过基本的汉字，都可以写字。闲来无事，撕来一张纸，抓起一杆笔，就可以写字，不需要热身，不需要拉筋，不需要大喝一句："俺老孙去也！"笔尖与纸张摩擦几下，字就写完了，无论写的是"穷则独善其身，达则兼济天下"，还是"非淡泊无以明志，非宁静无以致远"，笔还是笔，纸还是纸，鸟儿依旧叫，云儿依旧飘。

写字其实很了不起。

冯唐总说文字打败时间，但文字其实不仅打败不了时间，挨骂时连我们的老妈都打不过。不过文字虽软，却掷地有声。写字的人中，也有我崇拜并欣赏的人，但貌似文字写得好的人总是比他人先走一步，卡夫卡40岁，劳伦斯44岁，王小波45岁，卡鲁亚克47岁，王尔德46岁。天妒英才呀！如果我的文字可以被老天爷妒忌，如果我能写出"面朝大海，春暖花开""芙蓉如面柳如眉，对此如何不泪垂""感时花溅泪，恨别鸟惊心""床前明月光，疑是地上霜"等文字，并在几百年后，无数小孩半夜起床如厕看见天上的月亮时，惺忪着眼睛都能背诵出来，我也愿意将我的生命砍掉一半。

二

文章千古事，得失寸心知。

文字穿越千年来到这个物欲横流的时代，需要我们坐下来，喝杯茶，吐口气，冷静沉着地握着他们的双手，听他们讲如何经历国破家亡、生死离别，"身世浮沉雨打萍"，如何惶恐纷争，"零丁洋里叹零丁"等心路历程。

文字需要传承。文字里隐藏着人类最高的智慧和本质的经验。汉字久远，秦文、汉赋、唐诗、宋词、元曲，都需要我们沉下心去阅读，去领悟，这需要时间，需要精力，"路漫漫其修远兮"。

我们这一代年轻人，是互联网原住民，在信息高速公路上一路高歌，跨越了任何一个时期都不曾有过的繁华、变化最快的30年，弹指间可以在智能终端获取最新的全球新闻与信息，拥有最先进的电子设备和科技成果，放眼全球，综观天下。

以这个时间维度的成长经历来说，我们是幸运的一代。我们的头脑更灵活，见识更广，可以利用的东西更多。

如果我们从当下积累，从手上的屏幕中腾出一点时间用来背诵《唐诗三百首》，培养几个爱好，翻一翻当下最新的《青年文摘》和《财经周刊》，时间再多点的话，还可以读一读《诗经》和金庸、古龙，条件允许的话再了解一下宋代茶盏、古玉、紫砂、青花瓷器的生产制造过程；而在日常生活中体味一下人性，挖掘一下自身的潜力……那么，当我们站在四十不惑的人生路口，走进一家咖啡馆，点上一杯卡布奇诺，想起自己曾经的那位初恋或梦中情人的脸庞，是否也能在纸上写出或手机上敲出"芙蓉如面柳如眉"的追忆？想起旧友，也能发出"晚来天欲雪，能饮一杯无"的真挚？想起这半生，也能叹出"人生自古谁无死，留取丹心照汗青"的视死如归？

三

浮生如寄，年少几何。风雨飘零，山河妖娆。

我从小在孤独中长大，从小爱思考，从小爱写写画画。上小学时，每年寒假，我爸都会要我每周上交一篇小作文，不知道写什么的时候，我就写写学校，写写红领巾，写写如何把羽毛球打到天上去，写写如何跟前排扎着小马尾的女孩上课分食一小袋辣条而不被老师发现。后来我在孤独中长得更大，也爱思考，也爱写写画画。一个人待着的时候，写写山水，写写城市，写写人情冷暖，写写如何梳一个炫酷的发型穿一条哈伦裤大摇大摆逛校园增加回头率，写写如何在过马路的时候飞快牵起姑娘的手，但自己脸红如霞而不被发现。

我看文学书，看历史书，看商业书，我慢慢发现，字写得越多，书看得越多，越能看到世界的真相，看到人的无奈。于是，好多年前，我写过一首诗，叫《耕种，食物，爱情》：

1.

烈日燃烧着骄阳

土壤被烤出奶香的味道

老旧的农舍，等来寂静的夜晚

凌晨四点，枪弹壳掉出口袋

我不担心种下的马铃薯、番茄和韭菜
但想不起，这是第几个秋天

2.
我们给予更多的时候
被剥夺思想、努力、渴望和远方
没有丰沛的雨水和回报
死亡和野性的原始力量
将我们吞没

3.
从城市到乡下
从白皙的手掌和指甲
到满是泥土、皱纹和鲜血
从穿着华丽的行业精英
到手握缰绳、劈柴、喂马、杀鸡的农民
我们和一切说再见，奔赴未知

4.
人们热爱有机食物
把自己活得足够健康
我们面朝黄土，舍命狂奔

在奔跑中思考，为什么诗篇和文字

一定要歌颂大地

一定要用生命和鲜血的笔写下

才显得神秘、伟大，和崇高？

5.

人类逃避现实，就如

大刀砍向空气般无力

我们逃不出天，逃不出地

逃不出南极和北极

逃不出眼神到眼神的距离

逃不出头顶到脚踝的方寸之地

6.

白昼和黑夜，组成我们的眼睛

用来看清星星和太阳

我们在爱情的四维空间里

选择遗忘，和永生

7.

天空撒下弥天大谎

为何让大地顶罪？

海明威讲过写作的一个巨大用途："When it is written, it is gone." 当被写出来的时候，就消失了。于是在写作中我思考：为什么人都会死？为什么在和姑娘目光对视的一瞬间会心跳加速、手心冒汗？为什么一群人喝酒吹牛时没人记得唐朝建国功臣是哪位，但能在拿起酒杯时齐声高呼李白的"举杯邀明月"？为什么受刑的司马迁还能忍辱负重写出《史记》，流芳千百年，姓名永流传？

在笔尖与纸张的沙沙声中，我看到时间骑着白马，从笔尖飞驰而过，扬起痛苦与喜悦的风沙，揭开那些半遮半掩的"真善美"和"贪嗔痴"。不写出来，如何消磨这无聊的时光？如何度过这漫长的人生？如何对抗华发染鬓，青春渐失？

在这人山人海的俗世繁华，在这孤独的世界，耽醉于日月星辰，流连于草木山川，撕一张纸，抓一杆笔，用一颗柔软而坚定的内心，救赎自己的痛苦。倘若在若干年后，自己的若干文字有幸影响若干位少年少女，救赎他人的痛苦，我便知足。想到这里，我焚膏继晷，我圆木警枕，我埋首苦思，我奋笔疾书，我管他岁月荒凉，遥亘千里，管他四季交替，斗转星移。为天地，为生民，为往圣，为万世。不做蝼蚁也不为做神，此生做个写字人，足矣。

我拿起笔，听见月光敲击地面，看见秋风亲吻大地。木棉会开花，星星会说话。

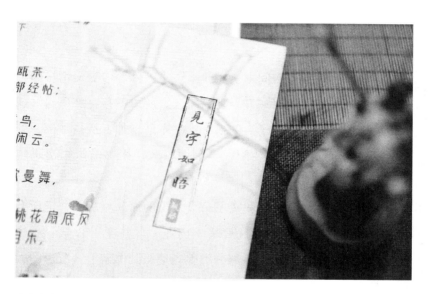

文字求真，希望每个写字人都能在文字中探索人性中的无尽光明与黑暗。

有间书房，余生不慌

在北京的时候，有间书房对我来说是一件奢侈的事情，因为准备着随时搬家，随时离开，随时流浪，所以不存在"书房"这一空间。眼看着堆在桌子上的书一本一本地增加，从昌平区，到海淀区，到通州区，到朝阳区，到西城区，搬书的纸箱越来越多，也越来越沉。

终于在一次搬家后，我买了一个六层的简易型书架，把所有的书，历史、文学、诗歌、经管、商业、经济学、哲学、心理学、社会学、工具书等，按照分类整齐地搬到书架上，心里的大石头终于落下。此心安处是吾乡，我仿佛肉身有了一个安身之处，灵魂有了一个栖息之所。古人记："茅屋三间，木榻一枕，啜苦茗，读数行书，懒倦便高卧松梧之下，或科头行吟。日常以苦茗代肉食，以松石代珍奇，以琴书代益友，以著述代功业，此亦乐事。"我相信这是所有文艺青年和读书人追求的生活方式。或古或今，书房的布局与装饰、气质与韵味，是读书人的审美决定的，因人而异，因人而雅。

文人书房的名字大都比较讲究，或以明志，或以自勉，或以寄情。如西汉大儒扬雄的"云亭"，唐伯虎的"梦墨堂"，南宋诗人陆游的"老学庵"，叶圣陶的"未厌居"，明代学者张溥的"七录斋"，国画大师齐白石的"百梅书屋"，鲁迅的"绿林书屋"，梁启超的"饮冰室"，等等。从古至今，书房不仅是读书的最佳场所，也是读书人的精神寄托之地。

于是，页与页之间，是时空变幻、遗世独立，睁眼闭眼间，是翰墨书香、长物清赏，埋首抬头间，是昼夜交替、斗转星移。文人在这方寸之间，或读闲书，或著书籍，或扬情怀，自得其乐。

我觉得书房不必太大，但是要有几架书、一个写字台，读书读到思如泉涌时，拿起笔来写写，把所有日常的疲倦、愁怨、肿胀在这里消解，大不了学习一下陶渊明，给老板写个辞职信——《归去来兮辞》，泡在书房里，不管不顾，自由闲适，重获新生：

> 已矣乎！寓形宇内复几时？曷不委心任去留？胡为乎遑遑欲何之？富贵非吾愿，帝乡不可期。怀良辰以孤往，或植杖而耘耔。登东皋以舒啸，临清流而赋诗。聊乘化以归尽，乐夫天命复奚疑！

唯书有华，秀于百卉，可以在书房中就此睡去，就此老去，如李商隐一样，"陶令弃官后，仰眠书屋中"。

书房里还要有个紫砂壶和盖碗，一些绿植和花花草草，以及一把吉他和一架钢琴，而可以看见远方的净几明窗必不可少……读书读累了，可以泡壶茶，弹弹琴。如果阳光照进来，落在书本上，落在字里行间，光与影之间，光与书之间，是独特的美，虚幻的美，朦胧的美，抬手间，翻页间，可以把每束光剪出不同的影子。墙角处，可以闻得见栀子花的香气，沁人心脾，可以听得见兰花开花的声音，清清脆脆。

当然，居不可无竹，书房外最好种点竹子，有小溪或者小池塘，接近大自然一点。明代李日华在《紫桃轩杂缀》里说了理想书房环境：

> 在溪山纡曲处择书屋，结构只三间，上加层楼，以观云物。四旁修竹百竿，以招清风；南面长松一株，可挂明月。老梅寒蹇，低枝入窗，芳草缛苔，周于砌下。东屋置道、释二家之书，西房置儒家典籍。中横几榻之外，杂置法书名绘。朝夕白饭、鱼羹、名酒、精茗。一健丁守关，拒绝俗客往来。

可能在今天这个社会，有个书房就已经是奢侈的事，对于大多数年轻人来说如果远离喧嚣俗世，住在山顶、山洞或者溪水潺潺的地方，就更是遥不可及的理想。

斯是陋室，惟吾德馨。在书房里，魂魄和肉体可以分离，眼睛和心灵可以分离，眼睛穿过地狱，心灵跃进天堂。苔痕碧绿，草色青青，谈笑有三五鸿儒，往来无一个白丁，可以弹钢琴、木琴、太古遗音琴，可以读《金刚经》《心经》《四十二章经》，没有娱乐八卦新闻乱耳，没有管理、市场、销售KPI劳身伤神。在这喧嚣的世界，得一间书房，认真聆听、理解、体味、领悟，俯首于尘世万物，以书中之美为乐，心得滋养。

如果有一天，我要和这喧嚣浮华的世界挥手告别，阳光明媚也好，微风和煦也好，黄昏也好，红霞满天也好，我会选择在一棵枝繁叶盛的树下，或者就在一间堆满书籍的书房，穿上一件最爱的白色衬衣，趴在我的书桌前，微笑着离去，保持写诗的姿势。

所以，我将来还是要收拾出一间书房，在里面看看书，背诗，泡茶，写诗，喝酒，掩书余味在胸中。在历史中，经历金戈铁马，气吞万里如虎，可以开疆拓土、攻城略地；在小说中，感受人情冷暖，可以看河流飞向天上去；在诗歌中，可以走过稚嫩的春、喧闹的夏，走到成熟的秋，把人生的涵养、经历、磨炼，化成一份醉人的沉静，露胆披诚地展现在世人面前。

有间书房，余生不慌。伤心了，失恋了，痛苦了，大不了就一个人躲在书房，大不了就泪流成河。如果没什么可流，也哭累了，就脱光了衣服躺在书堆里来个文字浴，聆听一下自己的内心，任风吹胸膛，任沉浮激荡，无可无不可。仿佛初恋般的美好，一吻一世界，一梦一光年。

不如十年读书

苏轼说"老夫聊发少年狂"的时候，才三十八岁。那年，他在山东密州痛痛快快地"左牵黄右擎苍"了一回，大肉大酒到兴头上的时候，仿佛有了征战沙场的感觉。

男人四十一朵花，其实三十八岁正值男人的黄金年龄，他渴望着朝廷可以派他带兵去与西北的西夏军队作战，但他认为自己还没年迈就已满头白发，于是自嘲为"老夫"。他想借遛狗架鹰证明自己宝刀未老，还可为国建功立业，所以他在《江城子·密州出猎》里感慨地说："老夫聊发少年狂，左牵黄，右擎苍，锦帽貂裘，千骑卷平冈。"

我在十七八岁的时候，头发就有白的了，这大概就是大家所说的少年白吧。唐代韩愈给他的侄子十二郎写过一篇祭文《祭十二郎文》，里面有说："吾年未四十，而视茫茫，而发苍苍，而齿牙动摇。念诸父与诸兄，皆康强而早世。如吾之衰者，其能久存乎？"所以，头发白了些之后，老是觉得自己人也变得老了些。每逢别人说"你才多少岁啊，好年轻啊"，我就会指着头上一撮一撮的白发说："你看，不小啦。"话音刚落，心里也翻腾两下，是啊，好像是不小了。站在青春的十字路口，茫然四顾，不知老之将至。

在今天，一些人在电子设备纷繁杂绕的信息娱乐中沉浮激荡，注意力被撕成碎片，读书的时间几乎为零。越来越多的人不会深度思考，没读过四大名著，没读过《唐诗三百首》《诗经》《楚辞》，没读过《论语》《史记》《资治通鉴》《曾文正公嘉言钞》……手机比我们的大脑反应更快更聪明，比我们更能知道朋友喜欢什么要什么，比我们更会揣摩女孩儿们的小心思。

17世纪法国著名的哲学家帕斯卡尔认为人最大的问题，是没法一个人安分地待在房间里。随着年龄阅历渐长，我越发体会这句话的犀利。生活越便利，科技越高效，就越少思考，没有思考就会面对虚无。

所谓的孤独，不仅仅指的是一个人独处时的孤身一人，而是社会在发展，科技在进步，你的日常生活却变得枯燥无趣、单调实用，你的内心逐渐变得寂寞空虚、孤独焦躁。

我发现，一些人长大后，想说的话越来越少，越来越沉默。言行举止上，也总是想装出一副少年老成的样子。似乎人都是这样，小时候的我们，急切渴望长成大人，而长大之后，又希望回到童年。有时候一觉醒来，发现老友们都已各奔东西。我们的父母也从"你绝对不能这样"，慢慢变成"你这样真的好吗"，然后变成"你自己注意一点"。流水逐舟，时光跑马，李白在《春夜宴从弟桃花园序》中说："夫天地者，万物之逆旅也；光阴者，百代之过客也。而浮生若梦，为欢几何？"人生虚幻，其生若浮，其死若休，亦如梦觉之分，纷纭变化，不可捉摸。

其实，我倒不想那么早就四平八稳、老成练达，我还是喜欢天真一点、纯粹一点。还好，我白发虽增加，心态却变年轻。忙碌起来，内心更加充实、可靠、积极，更加充满对未来的美好向往，也更加敬畏每一份磨难，感恩每一次遇见。

年轻的时候，我总认为写一首好诗，就能点燃闪电，照亮人间。于是经常长夜畅饮，笔尖与纸张摩挲中，乾坤颠倒，杂草丛生。我醉里挑灯看剑，我梦回吹角连营，我八百里分麾下炙，我五十弦翻塞外声，我埋首苦思写百首无用诗歌，我奋笔疾书写千字随笔文章。

当然，对我来说，文学与写作不是舞枪弄棒、赚得蝇头小利，也不是为了生活得更富足，或是寻找幸福的源头，让自己看起来更乐观。相反，是为了看看自己悲观的限度。

阅读与写作多了，会从里面体会到人性的秘密，会经历生活中无法经历，也没机会经历的事情，会打破之前的一些认知。因为我们大多数人的生活与一生，都是平淡、索然无味，没有太大风浪的。阅读与写作使我可以在风调雨顺的生活中有机会体悟一下绝望、落寞、悲苦、荒芜、斑斓的心境，最大限度地看到人在种种场景里的细微人性，看到"江山易改本性难移"，也就让自己尽管"不为圣贤"，但也尽量避免成为"禽兽"。

于是，我给自己定了个十年读书计划：比如先读读中国古代文学——把《红楼梦》《水浒传》《三国演义》《西游记》这四大名著看下来，再读《资治通鉴》《史记》《汉书》《后汉书》，空闲时间读读先秦诗歌、唐诗宋词元曲、明清小品文等；接着，中国现当代文学——读读鲁迅、萧红、张爱玲、曹禺、老舍、钱锺书、沈从文、汪曾祺等人的作品，再读读阿城、王小波、王朔、苏童、余华、莫言、白先勇、阎连科、贾平凹、陈忠实、路遥等人的作品；最后，进入外国近代文学——读读毛姆、加缪、马尔克斯、博尔赫斯、卡尔维诺、海明威、三岛由纪夫、芥川龙之介、陀思妥耶夫斯基、卡夫卡等人；时间充裕的话，再读读萨特、波伏娃、福楼拜、契诃夫、谷崎润一郎、村上春树、欧·亨利等人。睡觉前的空闲时间，读读海子、北岛、顾城、张枣、骆一禾、辛波斯卡、泰戈尔、雪莱、莎士比亚、科索维尔、艾略特等人的诗歌。

这些阅读，可以为我在这个高度物质化的文化荒野里搭一个小而坚固的堡垒。当我遇到孤独与危险时，那些作家、诗人，那些书籍里的人物，就跳出来了。他们是一个个"人格模板"，会用他们的智慧、经验和勇气，来陪伴和指引我，帮我对抗孤独、混沌、无序和疯狂，远离耽妄、狭隘与罪恶；让我依旧怀有真、善、美的心灵以及理想和希望，做一个有趣、正直与体面的人，希望着某一天"暮春者，春服既成，冠者五六人，童子六七人，浴乎沂，风乎舞雩，咏而归"。

如今，工作越来越忙，读书的时间相对来说被挤压得越来越少。我不希望金钱成为我人生唯一的目的，不希望善恶、美丑、富贵、高下炖成一锅黑白的粥，在里面亲手埋葬自己的精神生活。但如若心中装满书籍与诗歌，装满对这个世界美好的念想，还是可以在平淡和琐碎的生活里，咀嚼出另一种味道。

年龄渐长，有些东西会不再那么在意，成了外物，内心和精神世界的追求反而越来越重要。我在一夜之间长大成人，头顶着骄傲的倔强，脚踩着偏执的悲凉。手里杵着的瘦弱的拐杖，是逐渐苍老年迈，但依旧赤诚的我，帮我蹚过风霜、雨雪，还有浑浊的日夜和泥泞的光阴。我摸着自己滚烫的心脏，站在青春的背影后，踟蹰张望，鬓角已渐霜。每一根白发都记录着时光，懒得回避，懒得染了。

慢慢也觉得，不是只有阳光灿烂是美的，黑云压城也是美，暗夜惊雷也是，满天飞雪也是，寒蝉凄切也是，一头苍苍白发也是。谁人都不能永葆青春，但愿永葆天真。大不了孤独，大不了寂寞，大不了伤心，大不了老去，大不了两世一身、形单影只，"酒酣胸胆尚开张，鬓微霜，又何妨！"

不如洗掉脸上多余的志向、油脂和欲望，不如十年读书，平头过余生。

自古文章憎命达

我之前说过，写字其实没什么了不起。只要学过基本的汉字、手中有笔就可以写字，跟烧菜的厨子、杀猪的屠户、做陶瓷的匠人都一样，都是手上的活儿。

我一直认为读书不在多，在于精。看过再多的书、写过再多的字不重要，能学以致用、触类旁通才重要，能开宗立派、独树一帜才重要，抓住明天和后天的太阳才重要。我自己给自己的要求是，要写就必须达到那条标准线——再过五年、十年、二十年，依然会被人买来翻出来看的东西。

当然，龙生九子，各有所好，各人入各眼，各眼看各花。

我的习惯一般是打腹稿，会大概有三到五个主题，写的时候，思维比较跳，一会儿脑袋里浮现沙场驰骋，始皇帝兼并六国，蚕食天下，维偃干革，矜武任力，废王道而立私爱，焚文书而酷刑法；一会儿想到岳飞不分阴晴，转战南北，为收复中原而战斗，不由得“怒发冲冠”“仰天长啸”“壮怀激烈”，来自勉和鞭策，“三十功名尘与土，八千里路云和月”；一会儿又重温朱重八从最底层的放牛娃、四处讨饭的小和尚成长为开国皇帝明太祖朱元璋的故事；一会儿又沉浸在唐玄宗与杨玉环，上一刻还贪欢于芙蓉帐里，或醉饮于沉香亭下，"渔阳鼙鼓动地来，惊破霓裳羽衣曲"，转而唐玄宗便在马嵬驿前忍痛赐死杨贵妃，血泪相和的悲伤氛围中……

所以，我会挑一个相对合适的时间，静默，慧觉，思考，神游，观望，迂回，三至五篇文章同时酝酿，想到哪个主题就写哪个主题。仿佛，站在最繁荣的CBD城区制高点，俯瞰沸沸扬扬、生机勃勃的车水马龙，闭目凝神，张开双手，拥抱满天的唐风宋雨，再一抬头看见秦时明月，狼烟四起，号角长鸣，三至五篇文章的大概鼻子、眼睛、嘴巴在月光下清晰可辨。去阁楼拐角处买一瓶好酒回家，杯酒过后，气力已尽，不闻不问，酣睡至天明。

这个世上大部分人的底子、智力和悟性都是平庸的，《周易》《道德经》距离我们太远，哪怕是想领悟一些生存做事或者文字的奥妙智慧，没有一定的经历和开悟，读不出更深的感悟，反而容易不伦不类、画虎类犬。

人的本质不同于现象界的天地、鸟兽、鱼虫之文。天可以仰观，地可以俯察，鸟兽之文可以辨识，人的本质幽晦精微，非仰观俯察所能及，没有对生命的最深刻的体验领悟与慧觉，不太可能显微得之。

如果想溯源求本，想了解生活中最底层的欲望和人性，《二十四史》太长，可以只读《资治通鉴》，如果对于一个普通年轻人有意愿成事而不是成功，可以读读《曾文正公嘉言钞》，了解了解天资平庸但历经坎坷被后世称颂的"千古第一完人"曾国藩。对于大部分一生平顺的普通年轻读书写作者来说，笨一点、慢一点、守拙一点，或许会有一些意义。

自古文章憎命达。清朝的赵翼在《题遗山诗》说："国家不幸诗家幸，赋到沧桑句便工。"大抵意思是说平静的生活会消磨诗兴，苦难更能打开诗人的襟怀。虽然有些残酷和不厚道，但对于写字的人来说也确实如此。司马迁在《报任安书》中说："文王拘而演《周易》；仲尼厄而作《春秋》；屈原放逐，乃赋《离骚》；左丘失明，厥有《国语》；孙子膑脚，《兵法》修列；不韦迁蜀，世传《吕览》；韩非囚秦，《说难》《孤愤》；《诗》三百篇，大抵贤圣发愤之所为作也。"终归，还是要多去经历生活与磨难，多出入烟火人间，走出去吃吃街边小摊，看看老百姓最真实的日常，别把自己架得太高。

经历完了，因着这些经历所生出什么样的翅膀，化成什么样的思想，成了什么样的事，写出什么样的文字，很重要。

这些年来，我也只是顺着自己的路一个人骑着马闭眼狂奔，所以当战鼓停息、骏马回槽，刀剑入鞘、敕令收回，匀称呼吸，心律放缓，我还是在最坎坷穷窘和血肉模糊的尘世，用最笨拙的姿态，编织文字，编织黑夜，编织岁月，编织无常的世界，不出卖文字，不出卖灵魂。

红尘嚣嚣，天崩地坼，掀翻一个世界，是神是鬼，是妖是魔，不去多议。

朝闻道，夕死可矣

我们经常会听到很多青年朋友提一些问题。比如，人生的终极目的是什么？人怎样活才能算有意义？如何避免人老了以后存有遗憾？等等之类。

下意识地，我会想起孔老夫子说的一句话："朝闻道，夕死可矣。"

大多数人一般都是会从字面意思去理解。比如理解成"早上听到或明白了一个道理（或真理），晚上死了也可以了"。

只不过后来，好像大家基本都沿用这个解释，把"闻道"作为"听到道理（真理）"来解读，比如杨伯峻先生的《论语译注》里解释："孔子说：'早晨得知真理，要我当晚死去，都可以。'"著名学者潘重规先生在他的《论语今注》中也说："由早晨到晚上，时间极为短暂，早晨得知真理，当晚可以死去。"两者对此解释大致相同。

可是，疑惑来了。

杨伯峻先生和潘重规先生把"道"解释为"真理"，在今天这个时代来说，或许没有错，但在孔子那个时代，我觉得还有待商榷。

"真理"不是在孔子自己手里吗？老爷子周游列国不就是去宣传真理的吗？孔子的思想是实用型的思想，如果早晨他得知了真理，应该马上应用于现实生活中，或者去传播，怎么又舍得晚上就死去呢？

　　放在今天，我们经常说一个人"知道了很多道理，却依然过不好这一生"，可见人生一辈子要明白的道理就实在太多了，如果知道了那么多道理还不行，那每次明白一个道理就去死，岂不是要死很多次了？仅仅懂得了一个道理（或真理）就可以去死，这样值得吗？一般人把"道"理解为"道理"，但是一般的道理不值得人们为它去死，究竟是什么样的道理值得人们为它死去呢？那么人类所追求的，有哪些能合乎这条件呢？

　　你看，在现代社会，一些人的价值观是什么？追求的是什么？没错，应该和你想的八九不离十，是向功利主义倾斜，是向实用主义靠拢，是追求物质感官的享受，是放纵无尽的欲念。

　　人毕竟是万物之灵，我们床前明月，静夜思之，扪心叩问，这难道就是我们追求的人生终极目的和幸福吗？这些钱财、名利、地位、高物质消费、高技术的便捷与享乐，如果早上达成的话，晚上人真的就可以死吗？真的就愿意死吗？真的能满足无憾地离开人世吗？

　　我看未必。毕竟这些东西，并不能使我们满足，也并不能弥补心灵的空虚，反而形成一个悖论：追逐外境的程度越高，迷失内心世界的程度就越深，所谓"嗜欲深者天机浅"。

　　最后大限将至时是什么样子呢？恐怕是"大命将终，悔惧

如此，朝闻道而后夕死，也不枉来人间一趟。这一生也真正没白活过。

交至"。

由是，现代人越是无尽地追逐，内心空虚与迷茫的窟窿越大。传统与现代、东方与西方、理性与情感、理想与现实等的矛盾聚焦在青年人从大学毕业开始就存在的那激情有余、理性底蕴欠缺的身心上，那种迷茫、失落、孤独、困顿、无助、求索、挣扎、憧憬等交织的复杂心绪，是难以言表的。

我们经常讲"定而生静，静而生慧"，把心定下来，才能平静，才能从容，才能生智慧。那把心定在哪呢？定在孔子讲"志于道"的"道"上，在这上面立志。我们经常听到的"三十而立"，正确来说即是立志，不是单纯立婚姻家庭、名利地位和房子、车子。有志向了，自然一门心思专注在里面，时间久了，心不生杂念，也就越来越静了。内心澄澈静谧如秋波，自然来者如照，了了分明，就可照见智慧。如此，才能在生活中"闻道"，从而去领悟、证道，继而能够放下我们这些执着与分别，才有"朝闻夕死"。

如果我们把"朝闻道，夕死可矣"中的"道"放到《论语》这个大环境中去理解，或许能得到更为合理的解释。

那什么是孔子的"道"呢？

"道"在《论语》里遵循的是儒家的道德标准"仁"，也即是"仁义道德"。从孔子的记载以及《论语》一书中孔子的言行可知，"仁"是儒家思想的核心，是孔子的道德理想，也是最高的道德准则。孔子甘愿为"仁"去"死"，这就是那个时代背景下的"道"。

孔子一生席不暇暖，周游列国，不为做官，只为行"道"，为"道"而生，为"道"而死。孔子一生奋斗的终极目标就是"天下有道"。他曾说过："天下有道，丘不与易也。"意思就是，如果有一天，天下有道了，他就不会和你们一起来改变他了。

为什么孔子会这么说呢？

因为当时没有哪一个国君，能够真正实行孔子的政治主张，他努力过了，践行过了，但是他的"道"，也就是他的"仁"的思想学说，得不到统治者的认可，治国理想得不到实现，这是孔子一生最大的遗憾。正是因为他在有生之年无法看到"仁"道的实行，无法看到天下大治的政治局面，以至于"将至死不闻世之'有道'"。

放在孔老夫子身上，他想表达的是什么？

其实老爷子想表达的是，人生无常、生命短暂，留给他的时间不多了。是他怕死吗？不是。天下谁人老而不死，有什么好怕的？如果老爷子仅仅这么想，那他还"闻道"干吗？何不及时行乐？他是知道"闻道"不容易，知道时间不够用了，不"闻道"者，如何死得？

所以，如果他能够看到他的"仁"的政治主张得到贯彻因而天下大治，也就是"天下有道"了，哪怕是早上刚刚听到，若要他晚上死去，他也会心满意足、死而无憾了。

我觉得这样理解，应该说是合乎时代背景与历史情境的。所以，"朝闻道，夕死可矣"之"道"不是一般的"道理""真理"，而是特指儒家的"仁义之道"。

当然，"朝闻道，夕死可矣"重在"行"，也就是践行、实践。

很多人常说："即使知道了很多道理，却依然过不好这一生。"为什么？

因为只是"知"了很多"道理"，而没有"行"，也没有在"知"的基础之上去"行"，即去做，去付诸实践，更没有捍卫，没有"夕死可矣"的精神，哪能轻松"闻"到这个"道"？哪能明白自己的人生终极目的，从而找到热爱、使命并有意义地过好这一生？

当我们明白了"朝闻道，夕死可矣"背后的深层含义是知行合一和牺牲奉献，知道了这个"道"，具体而言是帮助我们这一生明了宇宙真相与人生意义，以"知"与"行"的关系去理解"朝闻道，夕死可矣"，可能我们就会少很多的迷茫、失落、孤独、困顿、无助、求索、挣扎……

如此，朝闻道而后夕死，也不枉来人间一趟。这一生也真正没白活过。

诗人风骚，飘飘欲仙

诗词到底有什么用？

碰到这样深奥的问题，我大多回答："没用，诗歌无用。"

月光是诗人作诗的酒，是情人相思的泪，不生产回忆和历史，不储存浪漫和鲜花，是死去的海，淹没黑暗、苦涩、尸体和头颅。所以在我看来，诗歌和诗里的月光一样，是"无用"的东西。

一个诗人，在历史里似乎是神圣的，但在隔壁便是个笑话。当下这个年代，有哲学教授，有经济学教授，但没有"诗教授"这一说。提到诗人，我们首先想到李白、杜甫、白居易、王维等古代诗人，其衣带飘飘，千古风流，但当下你如果和别人说你是诗人，一般换来的是背后的嘲笑。过去的诗人儒冠羽衣，风流倜傥，但现在的诗人，走在人群中，一眼识别不出，可能是西装革履、皮鞋锃亮的大叔，可能是穿人字拖鞋、遛猫遛狗的小伙子，亦可能是满脸胡茬、在菜市场买菜的大爷。说到底，我也瞧不出。

我既然说诗词无用，为什么还要读诗？

诗词可以怡情，宜茶宜酒。所谓诗不果腹养心肺，酒不解渴润平生。欢喜时饮酒，闲情时饮茶，高兴时高歌"幸甚至哉，歌以咏志"，抒发远大抱负，失落处时大叹"从此忧来非一事，岂容华发待流年"，因此生出自我激励之情。如"喝淡酒的时候，宜读李清照；喝甜酒的时候，宜读柳永；喝烈酒则大歌东坡词。其他如辛弃疾，应饮高粱小口；读放翁，应大口喝大曲；至于陶渊明、李太白则浓淡皆宜，狂饮细品皆可"，想到这里，不禁欢喜。

可以解救心灵，找到自我。当下我们每个人的生活和工作繁杂，最容易的事是在滚滚红尘中丢失自己，而最难的事就是找回自己。对写诗人来说，写诗不是炫耀文采，不是为了争名利、谋权势，也不是故弄玄虚，哗众取宠，也不是像古器物一样拿在手里把玩。对于读诗人来说，诗词可以在光阴流逝、疲倦劳顿中抚慰人心，用来救赎、解放我们的心灵，使人至善、至美、至纯粹。

可以让生活多点趣味。"琴棋书画诗酒花"，亦如"柴米油盐酱醋茶"，都是生活的调味品。但生活不全是前者，也不全是后者。就像诗歌，也可以诗意地书写柴米油盐的痕迹，让人生除了能够品尝到柴米油盐酱醋茶的酸甜苦辣咸以外，也能够拥有琴棋书画、诗酒花茶的淡然雅趣。摘几片云朵泡杯茶，念你的名字会开花，写几句情诗化龙凤，折几枝杨柳变袈裟。不做神仙不需出家，生活也能变成神话。这还不够有趣吗？

可以追求男孩或者姑娘。如果你遇不到一个给你煲汤的人，至少也要找到一个愿意给你读诗写诗的人。在闲余之时，抄写背诵几句苏子由的诗句。这样当你遇见喜欢的男孩女孩时，就可以说出："水深千万里，我对你爱得深沉千万里。我要泡在水里，吻你千万遍。"对方或许会沦陷在你长发和怀里。

可以促进睡眠。晚上睡不着时，翻一翻诗集，恍惚间月亮下的大树上坐着一个白色长裙的姑娘，我轻声给她读我的《五朵紫罗兰》："月光像瀑布一样洒下来，浇灌着每一个你停留过的地方，我的眼睛，我的肩膀，我的心上。于是，我的身体，藤蔓缠绕，芳香四溢。我从左胸膛的枝丫摘了五朵，五朵娇滴滴的紫罗兰，悄悄地放在你枕边。有两朵是晚安，有三朵是我想你，愿你睡得香甜，愿你醒时芬芳。"然后姑娘脸红如霞，温柔地把头靠在我的肩膀进入梦乡，我枕着乌黑的长发也进入梦乡，一觉香甜到天明。

其实，诗就像树木的年轮，经受着岁月的磨砺，生长出清晰的脉络。我想起十四岁那年在纸上写下的第一首诗《始末》：

十一月相遇，

十二月相知。

一月二月满心欢喜，

三月四月如花如蜜。

五月六月如骄阳，如烈火，

七月昼夜不分，

八月昏迷，

九月死去，

十月大雪纷飞。

对我来说，我把诗歌当作生命的回答，当作一种生活方式。比起会写诗读诗，或许诗意地栖居、诗意地生活，更重要。

其实我总说，诗歌不像散文随笔，只要有相对的生活观察、阅读积累和生活沉淀，只要给几个小时，给一个相对安静的空间，洋洋洒洒写几千字难度不大。但是诗歌，它没有一个固定的文体形式，很多时候是不可控制的，硬憋几个小时也不一定能憋出几句好句子，甚至几天甚至半个月，不是说屁股和板凳之间建立了良好的友谊然后摩挲几个小时就可以摩挲出一首好诗。就算回到开元盛世，太平又繁荣，烟花三月，天气晴朗，鸟语花香，让我在黄鹤楼送别孟浩然后，即使再吃上几碗热干面和几斤猪头肉，我也不一定就能写出"孤帆远影碧空尽，唯见长江天际流"，有时候写不出来就是写不出来，没得商量。

有时候，一杯酒过后，思如泉涌，我眼里有鬼火，我手里有神明，一晚上还可以写出几首像样的诗。比如写出这首曾经让我手舞足蹈的《天生诗人》：

我写天的时候

风云变幻，雷鸣电闪

我是法力无边的神

我写地的时候

妖风四起，飞沙走石

我是修炼千年的妖

我写日的时候
云海翻腾，光芒万丈
我是救苦救难的佛

我写月的时候
星河璀璨，飘飘欲仙
我是清风道骨的仙

我写你的时候
天生浪漫，天生忧伤
我是天生的诗人！

　　除了日常阅读是基础，当然有时候也会有神来之笔。但灵感这个东西虚无缥缈，来无影去无踪，也不是一直有。其实这些灵感也是日常积累，所谓"水之积也不厚，则其负大舟也无力"。

　　很长一段时间我都习惯随身带一支笔和一个很小的本子，看到什么、想到什么随即记下来，生怕几秒钟后就忘了。那段时期，是癫狂的状态。

　　有时候灵感乍现，写出一首好诗，感觉无比美妙，就像马路上走着走着忽然一抬头，一个身着曳地白色长裙的姑娘迎面微笑走来，她头梳簪发，乌黑如墨，未施粉黛，清新动人，她颈系水晶蝴蝶，莹亮如雪，她腰系翠色丝带，身段婀娜，然后邂逅一场甜甜的恋爱。

明月光，照床前，别有天地非人间。我上天阙月宫，潇洒驰骋，带李白回到人间，把他喝成蓝颜，一醉千年。不梦笔头生花，重振诗坛，不说人生苦短，蜀道艰难，只管饮酒作乐，诗百篇！想想诗歌有这么多好处和趣味，不禁哑然失笑，睡去。

在梦里，我梦到无数穿着白色长裙的姑娘抱着我的诗集，语笑嫣然，眉眼处尽是星星。于是，我掀被而起，摊开纸笔，顿时睡意全无。我奋笔疾书，思绪飞舞。但是写着写着，一想到那些温柔的姑娘们又都要被其他男孩拥抱，我就无比生气。

可是，我生哪门子气啊？

漫卷诗书喜欲狂

曾有人说读书分为两种，一种是为"谋生"，另一种是为"谋心"。我从没想过要靠读书谋生，一直都是求知欲和兴趣驱动。于是，我知道了孟姜女姓姜不姓孟，知道了古老的同心结是什么样子，知道了黄帝战蚩尤的真相，知道了古老的酒瓶出现在六千年前，等等。

小时候的我比较调皮，课外时间因和同学打闹，从教学楼三楼掉到一楼，幸运的是，屁股先着地，而我天生有个又黑又厚又敦实的屁股，所以躲过一劫。后来的我能安心坐下来每天写篇日记，每周写篇作文，也有这屁股的一份功劳。

小学之前，家里没那么多书，好在我能经常从表哥家借一些书，其中有巴金的长篇小说《激流三部曲》——《家》《春》《秋》，每次把书抱回家，我都老老实实坐下来如饥似渴地读。我已经不太记得读的第一本书《家》里面的故事，只是大概记得专横的高老太爷、腐化堕落的五老爷克定、荒淫残忍的假道学冯乐山、温顺驯良的梅芬……印象多一点的就是受新潮思想影响、向往自由平等的觉慧、觉民、琴等人，然后印象深刻的是以死来对封建制度提出抗议、投湖自尽的女孩鸣凤。鸣凤认为，"世间的一切都是由一个万能的无所不知的神明安排好了的，自己到这个地步，也是命中注定的"。直到今天，无论经历多难的事，心情多么复杂，生活多么无助，我也总愿意把屁股放在板凳上，读读历史，读读诗歌，读读小说，读读哲学，读读经济学，我觉得这也是老天爷安排好的，也是命中注定的。

当然，读每一种类型的书，进入每一种故事，都是不同的体验。

历史里，刀光剑影，铁马冰河，从大尺度的时间跨越，看到宏观世界里的趋势与必然，看到渺小的众生与自己，看到世人的愚蠢与智慧，繁华背后的满目疮痍，未来的生存与发展，人生的无常与消逝。

诗歌里，蝴蝶漫步，玫瑰飞舞，可以感受到像月光一样"无用"，但美好和不朽的东西，可以忘掉钩心斗角的外部世界，手可揽月摘星辰，能畅游在自己的秘密空间里，似云抱月，如鱼戏水，云与月春风得意，鱼与水各生欢喜，活成高尚的存在。

小说里，草蛇灰线，因果循环，可以体验现实世界里没有体验过的经历，看到人性无尽的光明与黑暗，丑陋与肮脏，无奈与苟且，卑微与谄媚，可以活过一百种人生，生成面对一百种骨骼惊奇的人类的生存方法。

哲学里，精神还乡，逻辑思辨，会发现更多困惑和自己的无知，看到各种价值观、世界观，看到各种真理和质疑，可以想到宇宙、恒星、黑洞、社会，看到整个世界发展的一般规律。

经济学里，回归本质，资源配置，可以知道为什么牛奶装在方盒子里可乐却装在圆瓶子里，为什么女士衣服的扣子在左边而男士的在右边，为什么全新的二手车要比新车便宜得多，为什么很多餐厅都为饮料提供免费续杯。能了解到人类经济活动的规律，价值的创造、转化和实现的规律。

我们读过的每一本诗书都可能会幻化为天马行空的想象力，给我们的余生悄无声息地安装上一个加速器。当我初读到《诗经》《资治通鉴》，读到亨利·米勒的《北回归线》《南回归线》，读到毛姆的《月亮与六便士》，读到王小波的《黄金时代》《沉默的大多数》，读到王朔的《动物凶猛》《一半是火焰，一半是海水》《我是你爸爸》，读到冯唐的《万物生长》《北京，北京》，读到《洛神赋》《观沧海》《归去来兮辞》《命运赋》，我都不禁欣喜若狂、不禁足之蹈之。书中没有黄金屋，书中没有颜如玉，书中有的是羽毛艳丽的翅膀，有的是独特看待这个世界的角度和浓的万古流芳、飘香四溢的思想。

所有文学书籍的高贵与可贵，总是在于它记录和表达的不仅有社会与人类生活的繁花簇锦，世界浪潮不断翻涌的大气豪壮，也还有深刻揭示人性深处的欲望以及人生的无常与无奈的魔力。

如果不沉浸于书海，仅留下面目可憎的一身烂肉与俗骨，如何能在这无常的世界活得没有桎梏和束缚？焉能明心见性，言语有味？

我对钱财不会过于死守，但是自己看过做过标记的书，比较珍惜，一般对朋友来说也只会借，尽量不送。余秋雨老师在《极端之美》中写道，他的故乡人们历来对于文字有着近乎神圣的敬畏感；在王阳明、黄宗羲的家乡，民间有一个规矩，路上见到一片写过字的纸，哪怕只是小小一角，哪怕已经污损，也万不可踩踏，都必须弯下腰去，恭恭敬敬地捡起来，用手掌捧着，向吴山庙走去。庙门边上，有一个石炉，上刻四个字——"敬惜字纸"。石炉里还有余烬，把字纸放下去，有时有一朵小火，有时没有火，只见字纸慢慢焦黄，融入火炉……

我们常说，看一个人是否爱书、惜书，是否有好的审美，从对方读什么书就可以知道。就像加布瑞埃拉·泽文在《岛上书店》里说："You know everything you need to know about a person from the answer to the question,'What is your favorite book?'"（想要了解一个人，你只需要问一个问题："你最喜欢哪本书？"）是的，如果以后恋爱的时候想要了解一个男孩或者姑娘，不需要搞背景调查，不需要知道他初恋和前任是谁，只需要问一个问题：你最喜欢哪本书？看他或她在跟你分享这本书的时候会不会心花怒放、神采飞扬。

于是，我摸着那么多沉甸甸的老书，旧旧的，厚厚的，香香的，漫卷诗书喜欲狂。

就这样，我的脑子又开始飞舞。中国古代男人跟老婆吵架了真的可以像电视剧里一样一纸休书就分手快乐、单身无罪了吗？唐代盛行的宴饮、运动、音乐、服饰、妆容、舞蹈到底什么样呢？宋人相对于唐代的文字审美和恋爱审美发生了哪些变化？清代文人及贵族的生活习惯又有哪些呢？那世间到底情又为何物？为什么人总有那么多遗憾呢？如何让人们的心不再感到孤单、空虚？如果遇到了让我小鹿乱撞的人却不能相爱该怎么办？为什么总是在我悲伤失落的时候落雨？为什么没有爱情浸泡的手脚不足以揭穿青春的真相？为什么没有孤独包裹的酒杯不足以拯救一个空虚的灵魂？

岁月如流，浮世万千，我把头埋进书本，在字里行间，见万物、见世界、见天地、见众生、见自己。太阳升起，我在海面波光粼粼。

门庭深冷，来者须诚

文字对我来说，是穿越千年来到现世的宝物，隐藏着人类最高的智慧和本质的经验。

自古文章憎命达。文字需要孤独，写字人需要边缘化，如果整日生活在云端，体会不到人世间最底层的人性、悲伤和苦痛，如果整日处在喧嚣繁杂处，容易被搅成一团浑水，很难保持清醒和独立。冯唐说文学有一条"金线"理论："文学的标准的确很难量化，但是文学的确有一条金线，一部作品达到了就是达到了，没达到就是没达到，对于门外人，若隐若现，对于明眼人，一清二楚，洞若观火。"有时候写作，我迟迟不下笔，就是不想无病呻吟，不想矫揉造作，不为了写而写，不为取悦别人而写，而是想写的时候，发自内心地写出来。我觉得真诚的文字读者是能感受到的。

另外，本来也是业余爱好，不为财，不为官，不吃文字饭。

想写也主要是两个原因，一方面是为了情感输出，一方面是为了文字沉淀。很多读者朋友在看了我的文章，听了我的音乐后，给我留言或者私信，说我的文字很细腻、很真诚，我的音乐很清澈、很干净。我觉得很大一方面也是因为我珍惜这个东西，所以不胡乱使用，不投机取巧。

就像你真心喜欢一个姑娘，在远方看一看她开怀大笑、长发飞舞的样子，就也跟她一样开心了，至于牵不牵手，亲不亲吻，基本也就抛在脑后了。我觉得大致感觉就是如此。

其实，作家就是"人性的矿工"，挖掘人性无尽的光明与黑暗。那些好看的、人人都能看到的东西，写的人很多，而且大家都写得很好，那就让大家去写，我想写一些不同的东西，有趣的东西。我觉得作为一个创作者，要展现自己精神裸体的一面给大家，挖掘一些大家看不到的东西。

但有两点我觉得对于写作的人来说必不可少。

第一，写作的人需要心思细腻，思维缜密。我经常跟朋友开玩笑说，像我们这样的人，脸不厚、心不黑、手不辣，不偷、不抢、不贪，唯一有的就是一双清澈的眼睛，和一颗简简单单的心，不太可能一夜暴富、声名大振、云霄九万里，就剩下一点心思细腻、善于观察和认真做事的优点。

第二，写作除了脑力，其实很大程度上是一个体力活，首先你需要能坐得住，这就意味着你要有一个古朴、憨厚、沉得住气的屁股。我觉得像毛姆写《人性的枷锁》，六十多万字，刘震云写《故乡面和花朵》，两百多万字，普鲁斯特写《追忆似水年华》，二百四十多万字，沉稳的屁股绝对是有不可磨灭的功劳的。我天生有一个性格随我的脾气，温和但顽强、坚毅的屁股，有时候写诗写文章，我可以从早晨坐到次日凌晨，它没有半点怨言，它天生就明白成事要耐烦的道理。笔尖与纸张摩挲中，一篇篇文章就出来了。我觉得我将来老了之后，我的屁股一定又黑又厚，又大又沉，但一定纯洁、憨厚又可爱。如果以后我写的书有幸畅销，我觉得有一半是它的功劳。

在商业中，我的思维逻辑尤其清晰，能把复杂的问题想清楚，能把看似无关联的事物整合在一起，并做出长远的战略规划。这跟在生活和社交中笨拙的我完全相反。事情的本质是什么？背后逻辑和规律是什么？是打仗还是和平谈判？如何"未战而庙算"？如何"善战者，致人而不致于人"，优先取得主动权抢占市场？用文臣还是武将？谁有什么优点或是缺点？洞若观火。

在艺术中，我对美有种独特的感受力和理解。无论是诗歌，还是摄影、音乐、书法、设计、空间装饰等。知道什么字跟什么词放在一起更加优雅、浪漫、动人，知道即使不用专业的技术也能明白怎样构图、什么角度能拍出好看的照片，知道什么主题用什么颜色做出来有最舒服的色彩搭配，知道写书法时怎么写间架结构合适，且比例协调好看，即使不去临摹名家字帖。

但我还是用最苦最笨的方式理解和记录这个世界。

我其实想住在僻静一点的中式小院，认真沉淀点东西出来。但我还有欲望，我还年轻，所以要去保持和这个现实社会的若即若离，不能过于中心化，但又不能过于边缘化；保持对目标的追求和欲望，但是又不能过于贪婪。

这就需要去平衡，就像平衡商业和艺术一样，平衡工作和生活一样，相对比较考验人。

当下给我最大的一个感受就是时间飞快，不知而立之年将至，不知父母老之将至。虽然有压力，但是反而现在内心越来越踏实，没有以前的茫然和焦虑感，这种内心的踏实感给我力量。唯一不足就是时间不太够用，还有那么多想去的地方没去，还有那么多要读的书没读，还有那么多有趣的人没见……

每当夜深人静时，我会想：未来的每一个小镇、小乡会不会都有一个不大不小的图书馆？AI会不会完全取代人类写出"窈窕淑女，君子好逑""此情可待成追忆，只是当时已惘然""每当眺望远方，只觉山河烂漫，阳光温柔"等这样的诗句？人类说得清花儿为什么这样红，说得清钢铁是怎样炼成的，未来能不能说得清为什么柳柳不绿，云云不白？爱情这把烈火为什么会把心儿烧焦？我的诗集在将来会不会被很多人抱在怀里入眠？

山水迢遥，行时要稳；门庭深冷，来者需诚。每走一步，都能感受到脚下大地颤抖。想到这里，我诚心正意，满心期待，手持火把，一去不返。

寄给二十五年后的一封信

二十五年后的苏子由谨启：

你好啊，见信如晤。

明天就是我的生日了，时间过得真快啊。我把而立之年的生日礼物放在今年了，就是我的新书不久就将问世发行了，足够真诚、干净与纯粹。剩下的几本书也会相继问世，希望你在五十知天命的年纪，能够欢喜与欣慰。

这段时间，没有太多关注网络，近两个月也没有更新任何社交平台，其实只是无意识，没有太多刻意。我不是文曲星下凡，没有刻意去舞文弄字刷存在，或者是为谁请命，我只是希望趁着年轻，体力好、精神好的时候，能读就读，能写就写。但是在一些老一辈儿的观念中，到了年纪不谈恋爱或者谈了恋爱不结婚，还天天识文断字，装腔作势，不是装疯就是卖傻，对内就是不孝，对外就是耍流氓。用我妈的话说，我是走火入魔。你是过来人，是不是感受颇深呢？

你站在五十知天命的人生路口，是不是早已不惑了、通达了，是不是就知天命，没有这样的担忧与困惑了呢？

另外，孔子是以礼正身，是非礼勿视、非礼勿听、非礼勿言、非礼勿动，所以孔子在《论语》里强调"博学于文，约之以礼"。可王小波讲如果认为自己清白无辜，这本身就是最大的罪孽，他认为每个人的本性都是好吃、懒做、贪色和自私自利，假如克勤克俭，守身如玉，这就犯了矫饰之罪，比本性这些缺点更可恶。

但是你说如果这样，人为什么一定要"约之以礼"呢？是不是真如孔子说约之以礼，就会"言寡尤，行寡悔"，就会"远耻辱"，乃至于"弗畔"呢？那是不是"博学于文"之后就不会离经叛道，就一定能理解这个世界和众生呢？

对于读书，我已经不再穷尽气力去读各种中西方杂书著作，一是自觉精力有限，二是我还没恋爱，时间有限。读读类似孔孟老庄、司马迁、司马光、陶渊明、李白、苏东坡、刘勰这些先古的作品，类似司汤达、巴尔扎克、福楼拜等作家的法国文学，类似托尔斯泰、果戈理、屠格涅夫、刚察洛夫、列斯科夫、陀思妥耶夫斯基等作家的俄国文学，以及莎士比亚、马尔克斯、塞万提斯、歌德、狄更斯、川端康成等这些文坛巨匠的名著，这一生也就够花时间了。

而现在，我也喜欢并能够慢下来把一本书反复咀嚼，最终发现，与其读一百本书，不如把一本书读一百遍，形成自己的思想体系。这有点像老子说的"相反相成"，看似笨拙木讷，却是最佳的雄辩；看似不善言辞，却是最大的智慧；看似低调，却是朗朗大道；看似滞缓，却是最快的步伐；看似坎坷，却是一生坦途。

我不知道二十五年后，你生活的环境和形势是怎样的。虽然我自己仍在努力，但还是会不由得感慨，文学和音乐在当今这个时代，似乎没有以前在人们心中占有那么重要的地位了。毕竟，在这个信息时代，可以消遣的娱乐休闲方式太多，年轻人的选择实在太多。

如今，文字如汤，音乐如羹，好坏不分，匠心不诚。

在这段时间，我经历了人生以来第二次无奈的困境，但我还是认可王小波说的一句话，他说人的一切痛苦，本质上都是对自己无能的愤怒。我无比赞同。费尔巴哈曾把宗教的本质归结于人的本质，但是马克思认为人的本质并不是单个人所固有的抽象物，在其现实性上，它是一切社会关系的总和。所以我们每个人当下经历的困苦，除了自我的困苦，也是更多人群的困苦，也是社会总体的困苦。了悟众生平等后，才能了悟其实我们对他人表现出来的一切偏见、傲慢、恼怒、仇怨，都是对自己的偏见、傲慢、恼怒、仇怨。所以，明白这个道理，也就不奢求他人一定要伸出援手，也不会有任何的埋怨，只会怪自己无能。

人非孟子所说的性本善，亦非荀子所说的性本恶，人远比我们想象的要复杂得多得多。

在每一个自我命运的境遇中，所成长出来的，是一样的自我。很多东西我也明白还有时间的过程。我读到《资治通鉴》里，乐毅率五国联军伐齐，就有谗言说乐毅想自立为齐王，后来燕昭王却直接封乐毅为齐王，乐毅明白其中意思，所以惶恐不安，发毒誓拒绝，信任危机就过去了。其实有点像后来刘邦封韩信为齐王。当然，燕昭王明白这是内控问题，是无解的问题，所以需要时间解决。

我今天内心的争斗也就像这个内控问题一样，也是无解的。

当我失落与困苦时，我总是读北宋传奇状元、宰相吕蒙正的《寒窑赋》："盖闻，人生在世，富贵不能淫，贫贱不能移。文章盖世，孔子厄于陈邦；武略超群，太公钓于渭水。颜渊命短，殊非凶恶之徒；盗跖年长，岂是善良之辈。尧帝明圣，却生不肖之儿；瞽叟愚顽，反生大孝之子。张良原是布衣，萧何称谓县吏。晏子身无五尺，封作齐国宰相；孔明卧居草庐，能作蜀汉军师。楚霸虽雄，败于乌江自刎；汉王虽弱，竟有万里江山。李广有射虎之威，到老无封；冯唐有乘龙之才，一生不遇。韩信未遇之时，无一日三餐，及至遇行，腰悬三尺玉印，一旦时衰，死于阴人之手。"其实，你在这个年纪，应该比我更能明白不是所有的问题都能立即解决，也不是所有东西都会立即有答案，只能学会与问题共存，带着问题前进，努力做时间的朋友，把问题留给时间去消化。

说起时间，好像这是个永远值得拿来探讨的词。

如果是通过有限的方程式来定义这个客观物质世界，那时间只不过是物体在按预定轨迹运动的方程式中的一个参数而已，但是在从宏观的角度看世界后，时间推移下的个体间大量互动，反而成为一种为社会和世界带来秩序和确定性的力量。而人生的始与终，在无运与有运、得时与失时的这种天地时空自然变化循环中，会产生天差地别和意想不到的结果。

经历一些苦难沧桑和大起大落，未必是一件坏事。虽然对于大多数人来说，苦难本身毫无意义，但或许因此也才能够体会到最深刻的天道无常和人情冷暖的巨大变化，才会体会到在困境、人为和天地自然变化循环中，命运的剧烈沉浮与人生很多无奈的结局，也就能明白"人生在世，富贵不可尽用，贫贱不可自欺"，并且要"听由天地循环，周而复始焉"。

我从中深刻感受到时间的力量，尤其静坐冥想时可以听见时间流过脚下，藤蔓伸展，慈善的阳光和七彩的云霞缠绕我，脚下生出莲花，我以禅定的姿势坐在莲花中央，如梦，如幻，左眼太阳，右眼月亮，婆娑一梦，恍若千年。

我在我的随笔集里写过《占有与存在》这样一篇文章，提到有存在，也就会有占有的问题。我们说贪、嗔、痴，以及眼、耳、鼻、舌、身、意、色、声、香、味、触、法，其实都是人的欲望，包括一些暂相、别相、异相、坏相、幻相。我们大众看到的是"有"，就是"万有世界"，而释迦们认为天地万物的真谛是"空"，一切"有"的本性都是"假有"。所以他们把"缘起性空，无常无我"当作精髓，认为万事万物都是远近各种关系的偶然组合，"不生不灭，不垢不净，不增不减"，都没有绝对意义。也就是说，也没有绝对的生与灭、垢与净、增与减。

事实上，在经历一次大的灾难后，我发现人们曾经总结的所有规律与规划，好像都失效了，再次说明万物皆"无常"。

可能在未来几十年，这个世界的规则和规律会更加难以捉摸，所有的长远计划以及我们短暂占有的财产、物质、名誉本身会更加地不靠谱。可能安心守住当下，"知其雌，守其雄"，"知其白，守其黑"，"知其荣，守其辱"，把自己融进自然之光与万物之常，"和光同尘"，或许在这变幻莫测的世界会越来越实用。

庄子说"物物者非物"，其实就是以万物创造者的身份对物的摆脱。也就能明白，天道无常和人情冷暖其实是再正常不过的人间常态，故而要学会接受现实和应对天地时空的变化。同时会明白，写作就是对人性的发现，而非对人性的肯定。生活同样如此。

你到了知天命的年纪，活了半辈子，那你说人类存在的本质和终极归宿，究竟是什么呢？

希望二十五年后见到你，你能有比我此时更加坚定且清晰的答案。同时，我会继续真诚、坦荡、纯粹、天真，能让你看到我更多的可能，以及更有趣的思想。未来见。

书不尽意，余言后续。

苏子由

庚子年（2020）暮春

第二辑

二十四桥风月

美景，美食，美女

一

丰子恺先生曾说，人欲有五：食欲、色欲、知欲、德欲、美欲。可见，趋向美好的生活既是人的天性，也是生命品质的一部分。我似乎天生就对美的东西有着异于常人的贪痴，比如对光与影的美，比如对文字的美，比如对姑娘的美。

我觉得春、夏、秋、冬四个季节都好，比如春天万物复苏的时候，叫上三两好友去爬山，看到山抹微云，看到弱柳扶风，你会全身心放松下来，忽略名利欲望，不自觉生发出"但愿身居幽谷里，赤心长与白云游"的感慨。我会在周末把整个身体陷进沙发里，读一本历史书，在脑海里复活那些如烟逝去的浩瀚城邦、那些随风飘散的文辞甲胄。那时，我似君临天下的"帝王"，有我的"江山"伴我左右。

夏天的景色，多了些许暧昧、微醺和秘密。开满荷花的池塘里，鱼儿飞在天上，飞过荷花的身体，在雷声震颤的半空中，化作枯萎的云。到了下午时分，漫天火红，云霞满纸，风赋予温柔，光说成救赎，可以将岁月编排成诗句，可以把每束光剪出不同的影子，分不清现实与幻境。到了黄昏，爬上自家楼顶，看着落霞染红远方，看着星河浩浩荡荡，看着灯火渐次点亮。那时，我是一只漫游在城市上空的飞鸟，有一整座城池陪我。

熟悉我的人，都知道我偏爱秋天，哪怕是北风微凉，人心惶惶，哪怕是我的右手苍老着，在太阳落山后叹息——握不住石柱一样重的笔，写不出诗歌和迷人的秋天，但我依然对秋天情有独钟。秋天的傍晚，美景如画。你看红彤彤的落日挂在天边，洒下火红色的光，笼罩着整个城市，晚霞泡在护城河里，河水透着肉红色，把忙碌了一天刚下班匆匆赶路的行人们映得满脸通红。然后，落日把云彩烤化，一齐沉下去，埋在对面的山里，提醒人们开始准备晚餐，预备进入夜的时光。这样的画面，简直比《清明上河图》更有人情味。

冬天的景色呢，更像一个十八岁的少年，立体、明朗，充满勇气。对我来说，冬日的暖阳走了一亿多公里照旧落在你的窗棂是美，门口的向日葵向你微笑是美，阳光和猫在院子里打滚是美，万物欢喜更是美。一场白雪，是冬天必不可少的点缀。夜晚月亮升起来，银盆倾泻，白雪皑皑的大地有了光影与性格，一切静谧，一切纯洁，一切美好。在夜晚，沏一壶茶，或是温一杯酒，把手机静音，撇在一旁，可以看一部电影，参与进各种各样的人生，卖力地出演一出张力十足的戏码。那时，我是活了一万年的"妖精"，有漫长岁月中各种光怪陆离的人生经历陪我。

于我来说，活在美景中，就是活在自己的心态中。可以在自己的世界里歌唱，与孤独跳着探戈；可以做真实具足的自己，本一不二。

<h2 style="text-align:center">二</h2>

　　从宋代大文豪苏轼的"东坡肉"，到明清时袁枚的《随园食单》、李渔的《闲情偶寄》，怎么吃得讲究、如何吃得风雅，一直都是流行的话题。

　　对我来说，土豆就是美食，好像我从小对土豆做成的美食都情有独钟。尼采认为，"知道为什么而活的人便能生存"。对我来说，只要有土豆的地方就能生存。

　　我认为会吃的人，是好的生活家。

　　大家大都知道《红楼梦》中的王熙凤泼辣，但是忽略了王熙凤是个粗中有细的人，是个懂美食的人，是个能把衣食住行样样拎得清的生活家。贾府是名门大户，上上下下的衣食住行，都是由王熙凤打理，而她这个"职业经理人"管理得也是井然有序。比如说穿衣服，林黛玉初来贾府，王熙凤只粗略地观察了一下，就把她的性格脾气摸到了七八分，于是精心挑了一件藕荷色的床帐，与林黛玉的气质很搭。贾府家中大到各种宴会、生日会，小到贾母、王夫人等人每餐的饮食搭配，都是由她亲自过问、定夺。刘姥姥逛大观园时，一连吃了几口一道名叫"茄鲞"的菜，却说没有吃出茄子味，便问王熙凤是怎么做的。王熙凤说："这也不难。你把才下来的茄子刨了皮，只要净肉，切成碎丁子，用鸡油炸了。再用鸡脯子肉，还有香菌、新笋、蘑菇、五香豆腐干子、各色干果子，都切成丁，拿鸡汤煨干，拿香油一收，糟油一拌，盛在磁罐子里封严了。要吃的时候，拿出来，用炒的鸡丁一拌就行了。"我相信贾府一定有很多"五星级"厨师，不需要王熙凤亲自操刀炒菜，但是王熙凤一定是懂美食的，她知道怎么把普通的食材做得别有风味。从《红楼梦》中的茄鲞、胭脂鹅脯、翡翠白玉汤、枫露茶等一众美食来看，我可以肯定地说，王熙凤是个好的美食家、生活家。

梁实秋、汪曾祺这两位作家，也是有名的爱吃、会吃、懂吃之人。汪曾祺先生写美食，总是能用简单平实的语句勾出读者的馋虫，高邮咸鸭蛋、汽锅鸡等美食至今让读者回味无穷。梁实秋先生谈"吃"，妙在富有生活趣味的同时，还有各种信手拈来的典故和考据，北平街头巷尾贩卖的豆汁儿、酱菜、糖炒栗子，饭馆酒楼里的瓦块鱼、锅烧鸡、五柳鱼，母亲悉心熬制的核桃酪……哪怕是最普通的萝卜汤，因为得了友人的指点，他便有了"多加排骨、少加萝卜、少加水"的十一字秘诀。放在写作上，同样也是一种启发——多点简洁、少点花哨、少点感情泛滥。

梁实秋先生在西湖附近的满家弄吃炒栗子时，曾想到了另一位友人徐志摩因为冒雨寻访桂花未遇时写下的《这年头活着不易》的小诗，诗中发出深深的慨叹："果然这桂子林也不能给我点子欢喜；枝上只见焦萎的细蕊，看着凄凄，唉，无妄的灾！为什么这到处是憔悴？这年头活着不易！"是啊，活着不易。山河远阔，都不如一碗人间烟火。

三

子曰：食色，性也。喜欢美食、美人，是人的天性。要我说，美女从诗歌开始，有了诗，就有了诗人，就有了诗中的美人。

古人形容女子之美是怎么形容的？

我们从《诗经》开始，我们知道了"窈窕淑女，君子好逑"，知道了"手如柔荑，肤如凝脂，领如蝤蛴，齿如瓠犀，螓首蛾眉"；从蒲松龄《聊斋志异》中知道了"女郎急以椀水付之，蹀躞之间，意动神流"。他们说"色不如姿，姿不如态，态不如韵"，用今天的话说就是，关键还得看气质、气韵。张岱笔下的朱楚生之美，美在楚楚谡谡的风韵，美得恍兮惚兮，不可收拾——"其孤意在眉，其深情在睫，其解意在烟视媚行"，除了眉毛，除了眼睛，最美是哪里？是"烟视媚行"。我觉得这四个字，让人心动，令人心驰神往。当然，就算张岱这么说，我相信大部分人还是不明白朱楚生的"烟视媚行"有多美，对其是什么样子还是模糊的。

另外，还有"四大美人"之一，传闻中美得能沉鱼、能落雁的王昭君，但大家凭想象可以知道她的五官模样吗？大家知道《西京杂记》《世说新语》有她，野史传说和各种小说关于她的文字更是数不胜数。就算不知道《塞上曲》《昭君怨》，也至少听过"瞎子阿炳"的二胡曲《昭君出塞》。

山河远阔，都不如一碗人间烟火。

还有，我们经常听到"钱塘苏小"，说的就是苏小小，美人的代表。白居易不止一次提到"若解多情寻小小，绿杨深处是苏家""涛声夜入伍员庙，柳色春藏苏小家"，仿佛春天就藏在苏小小的房间里，微风拂柳就在苏小小的耳畔。深夜推开窗户，苏小小就在对面房间更衣了。

　　我喜欢看女性化妆的过程，粉底、乳液、眼影、睫毛膏、腮红、高光，高光处有高光，阴影处有阴影，最后涂上口红，美女就诞生了。行走起来，就有了一瓶行走的香水，一枝行走的君子兰。

　　在传统观念里，对于女人而言，男人就是女人的天，女人的幸福就应该系在男人的身上。所以你美或不美，在他们眼中都会有错。我倒觉得女性们化妆不化妆，外表是不是天生美的，都是个人的真实，由女性自己决定。人活着，总会有些这样的无奈事儿。人活一张脸，谁能免俗呢？

　　真正的美女，不只是外表上的美，更重要的是智慧、清醒、明朗、可爱，以及活出女性的另一种可能，不自卑、不攀附、不依附，独自起舞，把幸福和评判自己的权力交给自己。这些东西，贵过黄金，赛过璞玉。

世事短如春梦

有人调侃我，说我像70后，这让我突然回过神，这几年过得真快啊。

时间像长了腿的妖怪，石火光阴间，我从上树下河、吃糖吃到唇齿跑风的臭小子，长成了越来越安静、追求朴素简单的大男孩。将来啊，我不知道又会长成什么样子。金乌长飞，玉兔暴走，鬓角微霜，青丝渐灰，说不定再过几十年，我又会像小时候一样喝粥漏米，鹅行鸭步，这是可以预见的事。眼、耳、鼻、舌、身、意六贼犹在，百年浑似梦，七十古来稀，娑婆无量，死生轮回。

有时候会想，一个中国传统的"士人"的路径是什么呢？

也许，是"修正道"。

中国文人一方面讲"道不同，不相为谋"，另一方面讲"做事儿"。当然，做事儿不是说像部分房地产商坐地而起，建几个"豆腐渣"似的楼，是做真的让人能享受生活、生命的事儿。比如像苏东坡修苏堤，比如做一家很好的医院、有良心和社会责任感的企业，或是在偏僻小镇为当地中小学生建一座小小的图书馆；再或者组织一个公益团队，定期为福利院的孩子送点温暖……这都是做事儿，无所谓大小，无所谓重不重要。

我一直觉得一个时代并不需要那么多作家，就像不需要那么多演员、歌手、艺人一样。哪怕自己写作、捣鼓音乐、摄影、弹琴、书画，也都是业余爱好，从不为经世济民、摆渡众生、万年不朽。所以，没有太多压力，尽管去大刀阔斧，自成一派。恰恰用心时，恰恰无心用。无心恰恰用，常用恰恰无。我的目标是活得精彩和丰富，并不是在几十年后熬到唇齿跑风、喝粥漏米的年龄时，在文字上成为一代大师，因为文学宗师已经坐在太师椅上几百年了，遗留下的书籍和智慧也够后世学习观摩几百年了。

很现实的因素，一是并不是每个人都适合走这条路，二是并不是每个人都有对文学、音乐和艺术的审美和天赋，三是这条路太渺茫，人生太短，父母易老。

我并不提倡所有年轻人把这些当成毕生的追求，不顾生老病死、不顾家人幸福地去折腾、去写作、去全职从事艺术相关工作。纵观古今中外的文人，苏东坡、王安石、司马迁、范仲淹，谁没有个一官半职？卡夫卡是保险职员，狄更斯是记者，尤金·奥尼尔是水手，而二十世纪的作家，相当一部分都是在大学里任职，如纳博科夫、博尔赫斯、戈尔丁、菲利普·罗斯，等等。博尔赫斯还是阿根廷国家图书馆馆长，鲁迅、陈寅恪也都在大学任职。

万事原来皆有命，无论你信或不信，有些东西是天生注定的，没有那么多"我命由我不由天"。

拿写作来说，不是屁股一撅、眼睛一瞪，随便拿支英雄牌钢笔，就以为窥见天光，摸见了巴尔扎克和马尔克斯的脑袋。没有洞察人性的贪、嗔、痴，没有了悟最本真的戒、定、慧，指望把自己的头埋在巴掌大的纸笔间，写出《百年孤独》《人间喜剧》《罪与罚》这样的作品，那是妄念的梦。

当然，也有每天待在小黑屋子里，凭想象创造出伟大的作品的作者，但那是极小极小的概率。差一线，隔一山。我到现在依然觉得，没有经历辛弃疾允文允武的一辈子，写不出"而今识尽愁滋味，欲说还休，欲说还休，却道天凉好个秋"；没有经历杜甫颠沛流离的一辈子，写不出"万里悲秋常作客，百年多病独登台"；没有经历陆游报国无门的一辈子、苏轼命运多舛的一辈子、李清照的相思成疾与那份逆境中练就骄傲的一辈子，也写不出"关山梦断何处？尘暗旧貂裘"，写不出"归去，也无风雨也无晴"和"一种相思，两处闲愁"。

作家提供的永远是个备选的东西，很难说像科技和商业一样，去推动时代，或者改变世界，再出众的作家也没有凭几十万几百万字改变世界或一个时代。

我们今天的创作也是一样的，就像格非说的，作家写出来的不过是他对这个世界的观感，发表在网络上也好，纸媒上也好，或者出版，大家去不去看你的作品，大家对你还需不需要，对你的价值是否有充分认识，有时不是作家的才华能决定的，要根据时代各种因素的变化来决定。

如果没有第一次世界大战，没有奥匈帝国即将崩溃的时代，卡夫卡不会写出《变形记》《城堡》。比如陀思妥耶夫斯基，个人经历了无数的苦难，因牵涉反对沙皇的活动而被捕，后又被判死刑，在脑袋落地的前一刻，可能因为有人喊刀下留人，才被改判成了流放西伯利亚，后来又频繁发作癫痫病，接着妻子和兄长相继去世，生活连遭打击，欠下一身债，为了躲避债主，被迫到欧洲，才写出《罪与罚》《白痴》。他当时正处于时代大转折，整个社会分崩离析，依靠信仰支撑的西方理性主义世界垮塌，这样的复杂时代因素并不是每个人都会经历，也不是每个人经历了都能活下去并创作出深刻的作品的。

时势造英雄，也造才子佳人。当然，所有的英雄才子也并不是都爱他们的时势，但往往他们的成名得益于时势。

文章憎命达，今天的时势和太平盛世很难再去造英雄，如果想一心靠写作成英雄和偶像，那是太缺少对当今社会人民的欲望和未来发展趋势的体认与洞察。行也布袋，坐也布袋。放下布袋，何等自在。当然，境随心转，也需要一种定力和执着。正所谓：一路行遍天下，无人识得，尽皆起谤。人生易逝，多做点更有价值的事更重要。

如今，大家都喜欢"犹抱琵琶半遮面"，但我喜欢真诚一些。花心就花心，不说什么年少风流；无耻就无耻，不说什么形势所逼；无才就无才，不说什么才高运蹇；无奈就无奈，不说什么岁月自在。空即是色，色就是色。

花开了，花落了，人死了，人生了，明年的花朵还是今年的花朵吗？人死了但精神还可以永存并轮回延续吗？在如此短暂的生命之中，青春和美都是如此柔弱易折吗？"昨夜闲潭梦落花，可怜春半不还家。江水流春去欲尽，江潭落月复西斜。"月落了，云散了，春去了，觉醒了，梦碎了，短暂的青春和妄念总会在寂寞的等待中无声无息地逝去吗？

缘起缘灭，世事皆短，短如你我，短如秋冬，短如虬髯，短如春梦。最终，还是要抱着阳光向绿地敬礼，伟大真诚地去做一切事，而不是在人群中羞羞答答地表演，戴着镣铐扭扭捏捏地跳舞。

关于故乡，关于青春

　　有人说如果在一个地方待过近十年甚至十年以上，这个地方基本就是他的第一或第二故乡。人格、眼界、意识、胃口、味蕾、美感、口音、生活习性等大都会被这个地方界定，之后无论去到哪儿，基本不太会改变。

　　提到故乡，我们总是无理由地热爱，我们所读、所看、所听、所感，都是千篇一律的和谐美好，一律千篇的赞美颂扬。我好像很少提到我的故乡，也没有昧着良心说热爱至极，肝脑涂地。我甚至愤世地说过，要"另立祠堂，不做野鬼游荡"。当然，毕竟故乡是我降生的地方，这里的环境和日子造就了我独特的人格和感知，塑造了我血肉清晰的骨骼和肉身。

　　我一直认为，故乡是和家联系在一起的。

　　如果没有老家的人，没有老家的房子，没有老家的家，没有这样一个具象的物把千丝万缕的族群关系连接在一起，即使我们生活在这里，也一样会迷茫，会无助，会没有安全感。而且，越来越多的人和关系，会随着时间、空间的变化而慢慢淡薄和消逝，春去花会败，人去楼会空。现在的社会不像古代社会，越来越多的人也不会在同一个地方吃喝拉撒、从一而终、生老病死，没有信息、交通、空间、地域的限制了，越来越多人拖家带口迁徙外地繁衍生息。

我出生在湖北，虽带有"北"字，但其实湖北省在秦岭淮河南北分界线以南，所以我是南方人。在这里我上完了小学、初中、高中，度过了我纯真又童趣、青涩又美好的青春期。十来岁的时候，我开始凭着感觉画一些水墨画，写一些毛笔字，开始痴迷武侠和江湖情怀，开始拆掉家里的钟表齿轮做四驱赛车，开始用一些电路和电池做发明，开始站在高楼做飞翔实验，等等，不断展现一些童真的想象力、创造力。

我上初、高中时，网络游戏盛行，每到周末放假，大家都蜂拥飞奔至附近的网吧占座。我因为不会玩游戏，就每周一个人去校门口对面的书摊看书，翻翻金庸的《书剑恩仇录》《笑傲江湖》《碧血剑》，韩寒的《三重门》《零下一度》《一座城池》，以及每期的《读者》《格言》《青年文摘》，尤其开始知道《金瓶梅》后，发现了一片鲜活的世界，心里长满张牙舞爪的小怪兽。有时候，我也去附近的小巷散散步，晒晒太阳，思考一下人生的意义。偶尔去网吧，也是戴着耳机听歌，在周杰伦矜奇立异的旋律中，体验R&B、中国风与New Hip-hop的新曲，以及古典巴洛克式弦乐的美妙，开启音乐的启蒙。

每当傍晚时分，茅舍映荻花，落日映残霞，我写下一个个字，听完一首首歌。我会想，爱是什么？情是什么？七情六欲是什么？父母什么时候老去？我什么时候离去？从此，万里悲秋常作客。

除了老家，北京是我目前为止唯一待过近十年的地方。如果说老家是我身心发育的地方，那么北京就是我人生观、价值观形成的地方。我想起北京的一些往事，一些足迹，一些青春，一些鸡零狗碎的生活。

我想起让我经历无数次痛苦与无奈的昌平区，想起让我肉体和灵魂被挤压无数次、揉碎无数次的西二旗地铁，想起庄严神秘、雍容典雅、皇家气魄的东城区，以及屡次安抚我灵魂的青砖灰瓦的老胡同和四合院，想起容纳了美、法、德、日等各国的画廊和极具包容、开放、实验性质的798艺术区，想起让我熬得鸠形鹄面、熬得须发皆白的海淀区和中关村创业大厦，想起清华、北大、颐和园、圆明园、玉泉山的影像，以及爬过五次的香山，想起北大的未名湖、石鱼雕塑、湖心岛，以及湖南岸上的钟亭、临湖轩、花神庙和埃德加·斯诺墓，想起东岸的博雅塔，以及北大学姐，想起我的单纯、羞涩和青春懵懂……

光阴，驹过隙，髭髯如戟，容易成丝。青春留不住，一切皆无常。

当然，我也深信，一个人的成长环境和一方土地的滋养会铺垫一个人的性格底色，培养一个人的兴趣爱好、精神追求和理想情怀，以及形成一个人的眼界、格局和人生轨迹。

比如，鲁迅如果生活在风调雨顺的长安，可能不会压抑到写："我家门前有两棵树，一棵是枣树，另一棵也是枣树。"长安美食众多，大唐不夜城夜夜笙歌，一碗油泼面，另一碗也绝对不是油泼面，大概率是一碗秘制凉皮或羊肉泡馍。就像冯唐说的：

有时候令人向往的并不是那一方水土，而是我们爱和敬的人。

余华如果生在北京，写不出阴湿暗冷的《在细雨中呼喊》。在北京，除了卖货，没人呼喊，街道这么宽，故宫这么大，没人内心憋屈到跑到雨里呼喊。而我如果生在东北，同样也写不出"我写你的时候，天生浪漫，天生忧伤，我是天生的诗人！"这样的诗句。

我觉得老家的空，老家的寂，老家的山水土木，让我身心发育，养出我清幽恬淡的心性，长成我一身柔情的肉身。北京的灵，北京的欲，北京的兴衰荣辱，让我三观发育，塑造我狂放不羁的精神，捅出我开放豁达的眼界，长成我丰盈饱满的灵魂。

也许，我内心深处血淋淋的想法并不是需要一个我生、我活、我亡、我灭的水土，而是一个有认同感、有价值感、有使命感、有归属感的生存环境。我们当然也需要维护人际关系，但是对于越来越多常年在外的年轻人来说，只凭春节回家几天推杯换盏的恭喜发财，麻将桌上无关利益之争的阖家团圆，压岁钱里约定俗成、千篇一律的万事如意，是很难说得清这些横七竖八的关系的。"长恨人心不如水，等闲平地起波澜。"春潮过后，一切如故，人生似水，有容乃大。

所以，有时候令人向往的并不是那一方水土，而是我们爱和敬的人。我现在对于故乡，也依然谈不上热爱，谈不上思乡，而是无可奈何，花开花落，似曾相识，燕子归来。

我们从何处来？我们是谁？我们向何处去？

二十四桥风月

二十四桥清梦旧，莫将风月作风流。

——苏子由《二十四桥风月》

一

青山隐隐起伏，江流千里迢迢。时令已过深秋，杜牧站在江边，隐约遥见江对岸青山逶迤，隐于天际，江水如带，迢迢不断。月光笼罩的二十四桥上，吹箫的美人披着银辉，宛若洁白光润的玉人，仿佛听到呜咽悠扬的箫声飘散在已凉未寒的江南秋夜，回荡在青山绿水之间。

杜牧想起扬州二十四桥上的明月夜色，想起他的老伙计韩绰，不禁感叹——我的老朋友，在这清风明月之夜，你每天晚上在何处教美人歌舞通宵吹箫取乐呢？

唐代的扬州，是长江中下游最繁华的都会，店肆林立，商贾如云，酒楼舞榭，比比皆是。"性疏野放荡"的杜牧，在这样的环境中，常出入于青楼倡家，有不少风流韵事和"放荡生活"。韩绰在这方面是他同道，所以杜牧回到长安后写诗寄赠。

自从杜牧写了那两句有名的"二十四桥明月夜，玉人何处学

大兴善寺。

吹箫"后，扬州城里这个本不闻名的小地方便声名鹊起，令多少人心向神往。

几百年后，一个从小锦衣玉食的"富二代"，一个书香世家子弟，一个有钱公子哥，一个喜欢斗鸡、祈雨、游湖，乃至"好鲜衣，好美食，好骏马，好华灯，好烟火，好梨园，好鼓吹，好古董，好花鸟"的纨绔子弟——张岱——深情款款地来了。

但是张岱看到的，不是繁华的酒楼舞榭和多才多艺的少女，而是败巷颓垣和一群不得不出卖自己肉体的女人。他在《陶庵梦忆》中，也写过二十四桥风月之地，有婉约的名妓，有等待的歪妓，一直在等待，等到明灯暗尽，蜡炬成灰，剩下的人就凑钱向茶博士买尺寸长的灯烛，以待还有迟来的客人。一直等到没有任何机会，然后再回家。而回到她们的家，老鸨会怎样对待她们呢？挨饿、挨打？我们不得而知。

倘若风流潇洒的杜牧能重返这时的二十四桥，看到玉人如此奔波而落魄，会不会彻底击碎他那美好的"十年一觉扬州梦"？

<h2 style="text-align:center">二</h2>

说到这，我们也能感受到，个体生命的有限比之所处的浩瀚宇宙的无限，不过只是俯仰一世的瞬息。人都是孤独的。所以文人们说"人生如寄"，说"浮生若梦"，说"昼短苦夜长，何不秉烛游"，说与其在广袤的天地之间穷困漂泊，倒不如挥金如土，"顷风流得意之事"。

这当然都是应对令人痛苦的生活世界和逃离围城的一种救赎方法，但是放在今天，我觉得追求遍地风流，追求外在的东西，到头来不还是孤独困苦、剩下一身横肉的臭皮囊吗？我觉得这是掩耳盗铃，还不彻底。

你看《金瓶梅》中，每个人都拼尽全力，苦苦营生。为了权力、欲望、家庭、前途……总想抓住一切可以抓住的东西。似乎心底长着一个无底洞，望不尽，填不满，吃不够。

当武大郎为了生计忙活，冰天雪地在外头卖炊饼时——西门庆跟潘金莲在家苟合；王婆子在家盘算怎么从西门庆身上再刮点油水；吴月娘知道老公在外面眠花宿柳，黯然神伤；县官惦记着自己为拍马屁而送的宝贝有没有安全送到；孟玉楼死了老公，深夜一个人寂寞成愁；春梅虽是个丫鬟，却总想着出人头地……

在这个位于运河旁、商业鼎盛的清河县里，从主角西门庆到他的家人、朋友、亲戚、用人，每一个人都没有什么形而上的理想，也没有人在乎什么生命的意义与价值。大家追求的无非只是吃喝玩乐、发财赚钱、争宠斗艳、风月无边等这些世俗欲望。

你看《金瓶梅》绣像本有一大段议论，说了一大段人世间的"酒色财气"，尤其是"财色"的诱惑，引出一个更深刻的追问——"从来没有看得破的"，即使"看得破时也忍不过"。整部《金瓶梅》写的就是一群在欲望之海中沉浮，"从来看不破"的人："说便如此说，这财色两字，从来只没有看得破的。若有那看得破的，便见得堆金积玉，是棺材内带不去的瓦砾泥沙；贯朽粟红，是皮囊内装不尽的臭污粪土。高堂广厦，是坟山上起不得的享堂。锦衣绣袄，孤服貂裘，是骷髅上裹不了的败絮。即如那妖姬艳女，献媚工妍，看得破的，却如交锋阵上，将军叱咤献威风；朱唇皓齿，掩袖回眸，懂得来时便是阎罗殿前，鬼判夜叉增恶态。罗袜一弯，金莲三寸，是砌坟时破土的锹锄；枕上绸缪，被中恩爱，是五殿下油锅中生活。"也引用了《金刚经》中的话：如梦幻泡影，如电复如露。见得人生在世，一件也少不得；到了那结果时，一件也用不着。

你看《红楼梦》中"听曲文宝玉悟禅机，制灯谜贾政悲谶语"，这一回中薛宝钗过生日点《鲁智深醉闹五台山》的戏。其中《寄生草》曲子，写尽鲁智深孑然一身的人生状态。尽管认识了很多人，但鲁智深还是孤独落寞的。一个人出家、落草，出来的时候没有一个亲朋好友，去世的时候也没有一个兄弟在身旁。所以鲁智深最担心的事情，莫过于自己犯了事儿，连个送饭的都没有。贾宝玉跟张岱一样，从小钟鸣鼎食，风月无边，但最后也只是"落了片白茫茫大地真干净"。

世上人为生存而东西奔波。那些从我们眼前流动而过的风流男子、美人、美酒、美食、青春、金钱、名利、爱欲、喧闹、妒忌、孤独……全部都转瞬成空，一切令我们流连忘返的，也是让我们感到虚空的。

于是，我掩卷思量，当价值不再，一切只剩下欲望时，生命会变成什么？

三

关于二十四桥之地玉人们的结局，张岱在《陶庵梦忆》里作了一系列揣度。即便是古剑陶庵老人张岱，前半生吃喝玩乐享尽繁华，可是字里行间，都感觉得到他那种对命运的无奈、人的同情与时世的感慨。

毫无疑问，这何尝不是时过境迁、历遍繁华和沧桑的张岱自己呢？最后在穷困潦倒之中，在煎熬的内心里，他仍逼迫自己笑看世间风云，写下"功名耶落空，富贵耶如梦，忠臣耶怕痛，锄头耶怕重"的富家子弟贪生怕死的自嘲戏言。

但是在我心中，张岱依然是那个文学异类，是史学奇葩，是斗鸡天才，是狩猎爱好者，是甜品店老板，是生活家，是美食家，是茶道高手，是资深戏迷，是曲苑导师，是百科全书作者，是明末的时尚先生，也是绝代的风流公子。

大明的夜空，有了张岱便绚烂而盛放。在今天，他依然是写汉语文字的人心中闪亮的一颗星。

人的肉体与寿命就如蜡烛一样，瞬息即灭，是有限的燃烧，而人的精神与灵魂却是无限的。与其苦苦追求满足肉体的欲望，不如追求如何让自己的精神永恒。所谓神性，也并非肉身不死，而是精神的永存，即永恒的不死的灵魂。所以《心经》说：心无挂碍，无挂碍故。也就是说，我们心里如果没有物欲妨碍，人生才得解脱，得通达。

我们可以既谈清修，也爱风月，但我们追求爱情，风月，美色，不是一味去寻求感官刺激，更不是要以消解大欲寻求解脱。如果仅仅把风月看作风流，那如何参透空色世界？如何跳出轮回？

当年，两鬓斑白的张岱在风雨潇潇的夜晚，对着一盏青灯，"遥思往事，忆即书之，持向佛前"。我相信张岱是觉悟了的，所以他抽身繁华，安于清贫，完成《石匮书》《石匮书后集》《西湖梦寻》《陶庵梦忆》等著作，还写下著名的百科全书《夜航船》。他完成了自己的精神永恒。

人生如寄，所有的繁华与悲欢，都逃不过风月。你若无法勘破风月宝鉴，便达不到真正的自我超脱与救赎，不过落得个与《红楼梦》里贾瑞一样不得善终的悲剧罢了。

爱情的保质期

爱情总是受众最广的题材，同时又是最玄幻的题材。自从爱情成为文学艺术的永恒主题以来，关于它的臧否就从来没有停止过。

可是，爱情究竟是什么？爱情真的存在吗？千百年来，我们依然在问这些问题，但也依然没弄明白。

几千年前，古代哲学家苏格拉底就曾提出这个问题：什么是爱？并以狄欧提玛这位爱的导师的话作答：它既非不朽之物，也非必朽之物，而是介于这两者之间……它是一个伟大的精灵，而正像所有的精灵一样，它是神明与凡夫之间的一个中介。

几年前，有个明眸皓腕的姑娘眨巴着大眼睛提出问题："什么是真正爱一个人呀？"有个叫苏子由的年轻诗人答："真正爱一个人，哪有什么悬崖勒马、及时回头，爱就爱到鱼死网破，至死方休，爱就爱到长命百岁，偕老白头，爱就爱到在你心里占地封侯，万年永不朽！"小姑娘听了，云鬓生春，面红如霞，害羞地跑起来，小马尾裁云剪雾一般。

当然，爱情究竟是不是一个真实存在的东西，要看如何去界定它。

爱情在某种意义上是一种寄托，甚至是信仰与救赎。在一些人看来，爱情像是一个奢侈的事情。我们每个人的出生都身不由己，说到底我们本质上都像《红楼梦》中所说的一样"赤条条来去无牵挂"。但是缘分就是说不清的事情，就像"千里有缘一线牵"，像是那种突然被人理解、被人懂得，那种你以为只有你自己蜷缩在看不见光的地方，而有个人提着灯来找你时对你说："我可以坐在你旁边吗？"开始有人拥抱你、温暖你、爱你，把你什袭而藏，像"得燕石于梧台之东，归而藏之，以为宝"，慢慢把你介绍给所有的朋友，慢慢把你从黑暗中拉出来。

于是，你觉得自己长路漫漫未来可期，觉得自己是块儿材料，你可以在无趣的人间芳华耀人，可以在冰冷的海上燃烧自己，你开始觉得世界不再昏暗，黑夜不再漫长，太阳每天都明亮，花草每天都芬芳。你感觉这一切超越宇宙、超越时空，仿佛心中充满爱时，刹那即为永恒。

但是，也有人说，爱情是一种缥缈的东西，它被人歌颂，却不贴近生活。如雪小禅所说，很多时候，我们以为特别爱那个人，但更多的时候，我们爱的是那个自己想象中的人，或者说，爱上了爱情本身这件事情。更或者说，我们过于美化爱情这件事情了，它远远不如我们想象的美妙，更多的时候，它只是生活中的一件事物，也会渐次消亡。

这或许是大多数人情感生活的写照。

但爱情的交往，谁能说得清呀？它是荷尔蒙的产物，还是灵魂深处的吸引？是清晨的白粥，还是午夜的红酒？是电光火石的激情，还是细水长流的温情？是流水绕云，诗酒入风？还是自在飞花轻自梦，金风玉露一相逢？

我记得之前清华大学中文系教授在给我们讲授中国现当代文学课程时，讲到"交往"这个关键词，提到歌德《银杏》里的"我是我也是我和你"一句，和卞之琳《妆台》里的"我完成我以完成你"有相近之意。雅斯贝尔斯认为，交往的过程是爱的斗争。什么是爱的斗争？"爱"是在他人的境遇里思考，最大可能地理解他人，"斗争"是在理解的基础上，维护自我的完整。所以真正的交往是生存交往。它包含"孤独"和"联合"。"孤独"意味着个体保持本真、独立而完整的自我；"联合"意味着个体有与他人、社会联系的意愿，通过与其他自我的交往得到肯定与理解。

所以两个人在一起，除了财富与地位，美丽与才气，或许都想要在孤独中联合，并通过在体验他人独特性的过程中获得共情与理解，获得一种相似的慰藉。

于如今，即使一些人遇到了心仪之人，也说不太清那到底算不算是爱情。毕竟在他们看来，爱情的保质期太短，很容易走到胡同里，很容易出现平淡期，很容易从第一眼的小鹿跳跃，到小鹿乱撞，再到小鹿撞死，直到"孤灯不明思欲绝，卷帷望月空长叹"。美人如花，相隔云端，上面有苍苍茫茫的青天，下面是绿水荡漾的波澜。就算熬过了三年之痛，也难敌七年之痒，就好比世界上的万物都会凋零萧瑟，都会生老病死一样。

就这样，他们不断地羡慕白头偕老的爱情，然后不断地还没开始坚持，就匆匆退场。就像有些人总爱拿顺其自然去敷衍人生道路上的荆棘坎坷一样去敷衍爱情，却从未明白顺其自然真正的含义。当然，也可能有短保质期的爱情，但那到底是爱情，还是男女之间的片刻欢愉，也就只有当事人心里清楚了。

又或许，爱情从来没有什么保质期，错的人一瞬都太长，对的人一生都太短。

有多少爱可以重来

有朋友找我聊天，除了工作和生活之外，也聊到音乐、文学、传统文化和爱情。一次，我们聊到喜欢的诗人和作家。我感慨地说："我常常想，诗人和作家的命运都是如此吗？我喜欢的诗人和作家，大多逝世比较早，有时候也会想到我自己。"朋友说："我觉得大概是文人心中的一种癖，除去病逝的不说，那些自己了却了自己的，大都不想再看这个肮脏的现实，从而选择离开这个世界以保心中一片净土，因为他们觉得，如果我不在这个世界当中，我就不会沾染上这样的浑浊。"

大家觉得我是一个心思很细腻的人，说凡是心思细腻的人都能够很强烈地感知生活的美好，从而发自内心地热爱生命，热爱这个可爱的世间。我说我是能感知生活的美好，并且热爱生活，但其实更多的是在这平凡的生活中，寻得自己的生活方式，大家说把生活过成了诗，其实是把诗和诗意的生活方式带到日常的点点滴滴。大家觉得我很乐观向上，觉得我是一个乐观主义者，但我一直觉得我其实是一个"悲观的乐观主义者"。

大多情况下，我是孤独、寂寞、冷清的，对很多人和事的那种关系是不喜欢的，只不过心中有理想，有热爱的东西，为了去实现，并且成为想成为的更好的自己，就愿意承受这份一个人的孤寂和苦楚，变得更加自律，因自律而更加自由。

我一直觉得我是个爱情至上主义者，所以有些身边的朋友说我"重爱轻友"，我说我是"重爱轻一切"。

我期待碰到灵魂伴侣，期待恋爱到六十岁或者更久，因为我相信终有这么一个人出现，读完我所有的诗和文字，牵起我的手走完余生。

生活无助时，我经常会想——我爱的人，住在遥远的天边，她和太阳齐肩，光芒万丈，带给我温暖、勇气、力量和希望，让我可以抵抗世事的无常与人心的叵测。想起她，我的生活就会羽化成梦境。所以，每当眺望远方，只觉山河烂漫，阳光温柔。

从以前开始，我就从内心觉得要做对社会有价值，能让世界变美好的事情，无论这个事情是大是小。后来开始写作，想到大司马恒温将军抚枕叹曰："男子汉不能流芳百世，亦当遗臭万年！"于是，撸起袖子，瞪大眼睛，撕一张纸，抓一杆笔，埋首苦思，奋笔疾书，为天地，为生民，为往圣，为万世。期待用一颗柔软而坚定的心，救赎自己的痛苦，救赎他人的痛苦，让这个世界更美好一点。光阴，百代之过客也。写作在光阴流逝中抚慰人心，好的文字可以穿越空间和时间。我觉得好的爱情也是。

那爱情又究竟是个什么东西？

我们说得清花儿为什么这样红，说得清钢铁是怎样炼成的，但谁也说不清，为什么平时可以把房顶掀翻的女孩在看到自己喜欢的男孩时会柔弱似水、惊慌无措、方寸大乱，为什么仅仅是多看了她一眼，我们就会心跳加速、双腿发软、面红如霞。有时候想想，两个陌生的人，不同的脾气，不同的性格，不同的经历，不同的生活习惯，就因为那一眼，然后走到一起，接着在一个几十平方米的空间里，互相依靠着日复一日地一日三餐生活几十年，最终一起走向人生的终点，让人不由得感叹生命的神奇。

在我看来，这恋爱的期间，有三个阶段。

第一阶段，天天手牵手，天天嘴对嘴。这一阶段，每时每刻都想腻在一起，看一眼，再看一眼，最后看一眼。亲一下，再亲一下，最后亲一下。每时每刻都是承诺和誓言："我爱你的每一缕长发，我爱你的每一寸肌肤，我爱你的每一个回眸，我爱你的每一个浅笑，我爱你如春风荡漾我心，我爱你如船长带我扬帆起航。我有一万个我爱你，一天讲一遍，爱你一万年！我要用一生的热情和信念，无论我人在何处，身在何地，我身上始终流淌着爱你的血液——生不能改，死不能变！我要在精神上，爱你，敬你，鼓励你，我要在生活中，宠你，暖你，呵护你——海可以枯，石可以烂！向天空，向大地，向宇宙，向星河，向所有人类，我庄严宣誓——我将永远恪守这一誓言。我勤奋，我努力，我奉献！我行，我能，我成功！"

第二阶段，偶尔手牵手，偶尔嘴对嘴。这一阶段，两个人都相对冷静和克制一些，但有时间还是想腻在一起。生活只有两种天气：他在时，和他不在时。他在时，阳光明亮，鲜花很美；他不在时，大雨倾盆，鲜花枯萎。但也会时刻想念，时刻想见面："如果思念是一种病，那我可病得不轻呀！我想念你，书拿时，书放时；风起时，风住时；月圆时，月缺时；春水静时，春水皱时；喜鹊叫时，喜鹊不叫时。唉！我又该怎么办呢？遮不住的青山隐隐，流不断的绿水悠悠。喜鹊叫了，难道是心上人要来了？哎呀！我想念你，想念你，想念你。"

第三阶段，很少手牵手，很少嘴对嘴。这个阶段，不一定经常可以见面，但见到他，还是很开心。但更多的是内心踏实、放心，坐在一起，可以不说话，看看晚霞和星星也很好。彼此看穿对方身上的所有缺点后还依然奔向对方，他懂你什么时候需要拥抱，懂你欲语还休的心事，不用戴着面具生活。两个人之间彼此了解，彼此懂得，愿意一起到老："你的长发遮住了我的眼睛，我分不清日和夜，我变得愚笨，我说不清永恒。我像一头牛，笨笨的，守候在你身旁，不要嘲笑我——我从不告诉你我的想法。笨笨的，这是我的信念！我笨笨地跟你走，笨笨地爱你，痴迷你，守护你，笨笨地变成一头老牛，死去……"

我们讲"女人是水做的"。如果女人是水，我要奔向大海，因为海是浪的故乡，我愿沉浸在她无尽的深情里，在深海中沉浮激荡，就此情深不悔。我是一个在爱情中愿意飞蛾扑火的人，一心想扑向光明，最终穿过宇宙，穿过六道轮回，也不过是在熊熊大火中被烧成灰烬，爱和回忆被风吹散，残留一地的骄傲、不甘与高贵。可能在将来我遇到一个姑娘，她不一定风姿绰约，不一定身段婀娜，可能就是穿了一件普普通通的素色长裙，笑起来唇红齿白，即使我翻山越岭，历尽冬春，我可能还是会小鹿乱撞、面红如霞。即使我见过无数巍峨的高山与宽广的江河，见过璀璨的明月与星河，在她向我靠近的那一刻，我可能还是会惊慌无措，方寸大乱，我也还是愿意飞蛾扑火。

其实，无论遇到谁，都有诗情画意，都有万种风情。去看想看的书，去想去的地方，去见想见的人。不问来处，不问归途。山重水复疑无路，柳暗花明又一村。

你若牵我的手，我就载你去看那万里雪飘的北国，在冬与春的交替处，走向永恒。爱情易生，爱情也易逝，始于一刹那，也终于一刹那。但美好的回忆尚存。我们每个人都在前进又后退、盼望又张望、错过又迂回的这种的过程中，不断索取和丢失自己本身已经足够珍贵的东西，但又有多少爱可以重来呢？最后，不得不在眼泪中明白，有些人一旦错过就不再。

云在青天水在瓶，我在梦中流泪。在此呼吁大家：珍惜爱情，人人有责！

择一城而孤独终老

人活一世，都想要走出去看一看、瞧一瞧，而不是一辈子在一个地方等待黄土盖身就此与世长辞。

从孩子小时候起，一些父母就不断地把孩子往更好的学校和城市送，毕业工作后，跳槽与工作变动，也都是再平常不过的事儿。年轻人大多不知道在一个城市要打拼多久才可以出人头地，才可以安居乐业。也有人认为无论是乡土田园还是钢筋混凝土，凡是能给人带来归属感的都算家，居住时间长短不是衡量标准。我在北京住了近十年，很显然，北京确实算是大多数人的"精神家园"，但对于绝大部分北漂来说，算不上是家。

虽然如今我心态上有了一些变化，但我性格里还是有孤独、忧郁、悲观的一些成分在。所以在北京这个足够繁华、足够躁动、足够活力的城市，我也还是一个人孤独地生活。

我是个不太喜欢麻烦别人的人，有什么困难尽量自己解决，有什么浑水尽量自己蹚过去。我大多时候并不太希望和太多泛泛之交的人来往过密。一是怕别人有困难提出来，我并不能帮上什么忙，二是我怕我自己有困难，对方有心帮我，但我又帮不上别人太多的忙，这就容易令双方处于一个误会或者尴尬无奈的境地。于是就喜欢一个人待着，读点、写点、喝点。

通过读书，我看到了更大的世界。与此同时，我对于"精神病人"产生了一种莫名的"敬意"。在很多的时候他们的思想反而更加深刻，对于世界的种种，他们敢于让思想"造反"，敢于孤独，敢于质疑社会，敢于质疑真理。天才和疯子的一线之遥，是微妙的，看似接近却又难以跨越。他们的世界里，是奇特、幻想、空间、立体、虫洞……而这些往往是不被理解的。

我还是让自己不轻易用自己有限的已知来否定无限的未知，至少不要没经过深入思考就去否定，面对未知大胆一点、勇敢一点、无畏一点，尊重未知。所以后来我为了一段感情，从一座城市辗转到另一座城市，从最开始的期待，到漫长的无助，到后来的平常心，在"颠沛流离"中完成一种宿命。

以前的我会认为走到哪里哪里都可以成为家，所以不断辗转，不断奔向陌生，以为会收获房子、爱情，到最后才发现，收获的也只不过是到达一个个城市的一张张火车票、机票、电影票的票根，以及永无止境的孤独。

有时候，我看着地铁里眉头紧锁的人们，也会想，我们选择一个城市，究竟是选择环境，还是建筑？是选择经济、繁荣、物质，还是历史悠久的文化，或是对未知的尊重、期待与一丝丝的希望？是喜欢一座城而选择一座城，还是为了一个人而选择一座城，还是选择一个城而等待一个人呢？

我们每个人在经历一番折腾后，都希望能择一城、择一人而定终生。不过终归人生无常，一切是未知，终归还是要靠一颗

是喜欢一座城而选择一座城，还是为了一个人而选择一座城，还是选择一个城而等待一个人呢？

摄影 / 朱云

心，境随心转。王维当年选择在终南山上买个"别墅"，过得随心自在，仿佛可以随时老去。既不整天想着搞个大项目，也不把自己弄得神秘兮兮。"中岁颇好道，晚家南山陲。兴来每独往，胜事空自知。行到水穷处，坐看云起时。偶然值林叟，谈笑无还期。"出世入世，可谓自由穿梭。

我如今倒觉得自己像一只猫，睡在哪都行，在终南山有没有别墅都行，只是谁都不要打扰我太多，笨拙、简单、独立、慵懒、骄傲、可爱、无奈、自由、灵气、孤独，都是我。运气好点，就择一人一城相伴终老，最坏的结果，也大不了是择一城而孤独终老，即使风雨，即使雷电，即使嘲笑，即使未知，即使孤独，即使寂寞，行到水穷，坐看云起，千古不做梦里人。

但是，我还是不要活在烈日里，不要活在拥挤的人群里，要活就活在六月的雨夜，和大树一起接受满天的唐风宋雨与孤独的洗礼，用我虔诚的心和姿态，择一城而孤独终老。

北京、西安、上海、苏州、杭州、大理、深圳、纽约、巴黎……其实我也还没想好将来最终生活在哪儿。不过"树挪死，人挪活"，不如不去想，多挪挪窝，多流流泪，说不定又是新的人生，又能多写几本诗集、小说。

好在无论选择在哪个城市，至少我还有重达一千八百吨的孤独，是我骄傲且闪亮的盔甲，我将擦亮它，在下次雨夜到来时，重新活过。

冲冠一怒为红颜

爱情是永恒的吗？哲学家、思想家和心理学家能给出关于爱情确定的答案吗？爱情会死去吗？爱情会寻找长生不老丹吗？爱情会像火的种子在风中又生出新的生命吗？

我们经常会问，爱情是什么？

关于爱情，有人说可望而不可即，有人说可遇而不可求，有人说可遇可求不可弃，有人说真正的爱情是精神上的爱情，无关肉体与物质。或是一个屋檐，一场雨，一把伞；一顿早餐，一个拥抱，一场电影，一张火车票；一起生活，一起衰老，一起死去……或许，每个人有每个人的看法。

如今，爱情是比读《资治通鉴》《史记》《世说新语》更需要耐性和悟性的事。好像从近几年开始，对待爱情三分钟热度的人越来越多，没有耐性的人越来越多，总希望看场电影、吃两顿饭就可以确定关系。或者，若男孩喜欢一个女孩，每天穷追不舍，送礼物就像变魔术一般，恰时地再买上一束九十九朵玫瑰花表白，女孩便感动得落泪。于是，谓之喜欢，牵手成功。

可是，多数姑娘也都是因为一时感动就上了贼船。但有一时感动就会有一时更感动。感动不是喜欢。我总跟身边的朋友这样讲。

　　我觉得，两个人能在一起，感觉很重要，聊得来很重要，懂得与理解很重要，人生追求很重要。而这些都是需要花时间、花心思去相处的，不是昨天初次见面，明天就可以确认关系，后天就可以结婚。上大学时，总会有同学在学校里放烟花摆蜡烛，以前总觉得这样很傻很俗气。虽然现在也觉得很傻很俗气，但是却也觉得很珍贵。那份羞赧、热情以及用心，在现在忙碌的世界里很难感受得到。

　　爱情或荷尔蒙，是情诗的最大的动力，是文学的起点。我是个爱情至上主义者，关于爱情的诗歌写得最多，也许"重爱轻友"，或是"重爱轻一切"。我曾写过一首《穿过日月中的哀怨》，主题是关于遇见：

　　　　遇见你是妖艳的花朵

　　　　遇见你是诡异的巫术

　　　　是静谧的秋水

　　　　是神圣的甘露

　　　　是时时悸动，是刻刻温柔

　　　　是月月欢喜，是岁岁洒脱

　　　　是前世债，是今生缘

我愿穿过日夜中的哀怨

用尽一生理想，为你

写尽痴傻

爱情是一种复杂的情感，让人着迷，让人困惑，让人满怀希望，时而又让人陷入绝望，满腹悲伤。张爱玲饱读诗书，也会被已有妻室家庭的胡兰成那些满嘴鬼话与风流撩住，也会甘愿低到尘埃，给老男人的相片深情款款地写上："见了他，她变得很低很低。低到尘埃里，然而心里是欢喜的，从尘埃里开出花来。"悲催的是，一方为爱成痴，一方遍地撒网，最终人去楼空，一切转瞬即逝。

爱的时候，是世纪惊叹，是暗夜花火，是逍遥永生。可是不爱了的时候，就是不爱了，大肉大酒没用，不吃不喝没用，跑马拉松登观音山没用，泳池里泡一天没用，背《秋风词》《留别妻》《江城子》也没用。

我曾经也为恋爱辗转反侧，不断伤心，不断伤神，也抛下所有东西从一个城市奔赴另一个城市，一切重头来过，最后吃尽苦头。我想起名满天下的"秦淮八艳"之一的陈圆圆，一时名气盖过温婉可人的董小宛，与吴三桂相识相知、相恋相爱，擦出爱情的火花，李自成抢走她后发兵相逼，吴三桂大开山海关，"恸哭六军皆缟素，冲冠一怒为红颜"。浪漫也好，悲剧也好，红颜也好，对错也好，又有谁能说得清楚。

我觉得谈恋爱跟喝葡萄酒一样，从不认识，到朦胧聊天，到慢慢喜欢与相爱，到茶饭不思，眼泪掉地，摔八瓣儿，是美是好，是痴是傻，个中滋味只有自己品得出来，也没人能说得清楚。

我相信大多数人是相信爱情的，我也相信爱情，相信爱情可望可遇而不可求。当下年轻一代，父母安排相亲的也不在少数，但我的父母对于我，一直都是旁敲侧击地过问，并不过多干涉，总是让我自己把握、自己决定，说真心喜欢就好。我想起胡适于1919年3月发表在《新青年》杂志上的剧本《终身大事》，独生女田亚梅留学归国之后，心仪与自己相识多年的好友陈先生，然而田亚梅的母亲却以两人八字不合为由强加阻拦，田亚梅选择离家出走，并且一怒之下留下了一张字条，上面写着："这是孩儿的终身大事，孩儿该自己决断，孩儿现在坐了陈先生的汽车去了，暂时告辞了。"在感情方面，我是幸运儿，我相对自由。其实，不管是恋爱还是结婚，归根结底都是我们自己的事情，旁人可以为我们提出建设性的意见，但是最终的决定权，自始至终，都应掌握在我们自己的手里。

生如夏花，命如草虫，爱似明灯，情似手足。最美的爱情是什么？我在诗歌《生命中最美的爱情》中做了回答："我的心曾为你兵荒马乱，你的爱亦为我苍老容颜，我在你的笑里千回百转，你在我的笔下熠熠生辉。"是"相爱岁月深处，相守在水一方，一起看潮起潮落，一起走春夏秋冬"，是"炊烟起，叶子黄，月儿弯，星儿亮。我们天为被，地为床，月光洗手，花香润肤，不见斜阳暮西归，剪块晚霞做衣裳"，是"以我之姓，冠你之名，当作生命最后一行"。

恋人之间最好的状态，是尽管彼此皆为普通人，却相互尊重，互相取暖，永远在一个频道上，你来我往的，像合奏之声，不绝于耳。愿意彼此同甘共苦，也当之无愧地享受对方的所有爱意。那个人看穿你身上的所有缺点后还依然奔向你，那个人懂你什么时候需要拥抱，懂你欲语还休的心事。彼此了解，彼此透明，不用戴着面具生活，一起对抗平庸，一起披荆斩棘，一起克服柴米油盐，一起面对这无常的世界，一起坦然走过生老病死……

可是，爱情里面有偏执、无奈，即使可能，我也并不愿意把过去的后悔变成虚假的完美，得益于这种怪异的执拗，才让我在任何痛苦和失败面前，找到行进的理由。我也相信，爱可以排除万难，只是，万难之后，又有万难。

爱情里面有关怀、思念。青春的印记如果成为回忆，它必将受到缅怀。毕竟，所有关于生命的印象，青春最盛。

青春的寂寞是生命的点缀，没有寂寞的青春是悲哀的。然而，寂寞的青春不是没有幸福，而是我们不懂幸福。爱情里面有徘徊、等待，东途难归，初心难追。我们心花怒放，我们黯然神伤，我们委曲求全，我们流离飘荡，若人生只如初见，是否仍会选择这样的悲欢？

关于爱情，每个人都有话说，或温柔，或浪漫，或寂寞，或难过，或孤勇。我说，爱情是懂得，是理解，是包容，是呵护，是拥抱，是荷尔蒙相撞，是相敬如宾，是付出，是坚持，是让你记住我。可是，有人在爱情中苟且偷生，有人在爱情中下落不明。

床前明月，静夜思之。我问天：如果遇到了可以爱的人，却又怕不能把握该怎么办？天曰：留人间多少爱，迎浮世千重变，和有情人做快乐事，别问是劫是缘。

后半辈子，不以恋爱为生。不去谈论永远，永远到底有多远；不去纠结到底爱不爱，爱到底有多爱；不去夜读《倾城之恋》《半生缘》，不去刻意找一个博士、硕士，不去专门搞家庭背景调查。喜欢就抱在一起，冲冠一怒为红颜，无关乎生死，无关乎他人。

我不知道我将来还会遇到怎样的人，希望她能和我一样，保留对爱情的幻想。我们不着急结婚，我们忙着认真地相爱。月光洒在床前，我们是红尘，我们是思念，我们是柔软，我们是人间。

青春的印记如果成为回忆，它必将受到缅怀。

第三辑

文学经纬

当代文学困境

文学即人学

有人说文学就是人学——关于人性的学问，关于人的表达。这点我是赞同的。

因为人性是多样性的，社会是复杂的，好的文学也一定是对人性和社会的一切，有着多面、细微、透彻、丰富的理解与表达。所以我也经常说，写作就是对人性的发现，而非对人性的肯定。

米兰·昆德拉在《小说的艺术》中，提出"小说的智慧"。他认为，小说的智慧是一种非独断的智慧，它是人类最重要的思想遗产，可以帮助我们超越现代性造成的种种偏执。诚如莫言所说的"一种偏见"，他认为文学作品永远不是唱赞歌的工具。文学艺术就是应该暴露黑暗，揭示一些不公正，也包括揭示人类心灵深处的阴暗面，揭示恶的成分。我无比赞同。

米兰·昆德拉和莫言在表达什么？

我想他们的意思是，人类近现代几百年，很多进步源于"科学的智慧"，科技诞生出来的电影、电视剧、短视频、电子游戏、新闻、媒体等，都在讲故事，而且是更高效率地讲故事。但文学的瑰丽与伟大，可以给人建造一个多维的、立体的、自给自足的、完整的世界，或现实存在的，或虚拟梦幻的。它甚至不必"科学"，但以独特的故事和表达，讲述人间万象，给读者以启蒙、精神自立及建立社会意识。

文学的环境与土壤

今天，大家都有一个共识，那就是相比起二十世纪八十年代，今天的文学明显衰落了，尤其是长篇小说。年轻一代小说家的长篇创作力似乎远不如莫言、余华、贾平凹、路遥、陈忠实这一拨人，年轻一代的散文创作能力远不如汪曾祺、冰心、余秋雨、周作人等前辈。

这并不是一两个人的忧虑，大家都在谈论今天文学的尴尬，也很担心说这一拨老作家写不动了，我们今天的青年人能接班吗？现在的小说数量虽然越来越多，可像《白鹿原》《平凡的世界》这样浑厚有力的大部头，怎么就越来越少了呢？

首先，这能不能简单归咎于作家能力的下滑呢？我认为是不能的。当然我这不是在为我们年轻一代的写作者推脱。

你看莫言、余华、贾平凹、路遥、陈忠实那些老一辈作家，经历了什么？他们是时代巨变的见证者，且大多生长于乡土社会，了解根性文化，了解文字下乡，了解中国的农耕文化和家庭关系。所以，他们有丰富的写作素材，书写土地、人民，书写苦难、悲悯，文以载道。

而在今天，新一代作家面对的文学环境与土壤是什么？是千篇一律的互相抄录的娱乐新闻，是千奇百怪惊掉下巴的家庭轶事，是真假互掺无聊至极的八卦绯闻，是追求热点与猎奇心理的堕落媒体。今天文学的社会功能已弱化，一切都变得碎片化、娱乐化。

文学和读书人的美

　　很多自诩文学博主的人，在利益驱动下，进入短视频直播平台，教你怎么靠卖书买房，怎么靠读书年入百万，文学成为粉饰吸金嘴脸的盖头布，但掀开他们的盖头布，脸上端端正正密密麻麻写着"搞钱"。很多廉价、粗鄙、功利的内容，被人们乘着互联网的风口包装成为爆款的知识热潮。在短视频直播平台，书籍不是知识，不是文学，不是"一盏秋灯夜读书"的"书"，也不再是"君子养浩然之正气"的"气"，书籍是变现工具，是廉价商品，是"割韭菜"的锋利镰刀。"文学博主"和"读书人"们直播吆喝打折几块钱包邮卖书成了生活常态，书店面临倒闭来到线上奋力自救，作者写完一本书来到直播间完成自产自销，出版社和书商无奈加入亏本清仓的行列……在短视频直播平台，我们很难看见文学和读书人的"美"。

　　在这样的环境下，新一代作家，拿什么"文"来"载道"呢？文学还能载道吗？文学变成"短视频以载道""直播以载道""公众号以载道""虚拟现实以载道"，等等。我们的阅读者，越来越没有耐心读完一本书，审美趣味越来越低下，人们的整体素质和人文素养，包括阅读渗透率与人均阅读量，相比较上个世纪，肉眼可见是下滑的。

如此一来，阅读的出路在哪里？文学的出路在哪里？

在一个培育厚重长篇的土壤已经越来越稀薄的当下，在一个史诗消亡的当下，在一个物质大于精神的时期，创作厚重长篇还是"刚需"吗？还是"时宜之事"吗？

所以，今天的中青年作家，虽然在大部头长篇的写作上，不如老一辈，但与长篇相比，当代的新一代的中短篇小说会越来越抛弃乡土文学和厚重的历史感的文学，从而走向对个人自身的孤独、困境、心灵的探寻。比如80后作家，徐则臣的《如果大雪封门》、石一枫的《世间已无陈金芳》、双雪涛的《平原上的摩西》，比如90后作家林奕含的《房思琪的初恋乐园》、陈春成的《夜晚的潜水艇》，等等，他们在文笔、构思与技巧上，也并不逊色于前辈，甚至在某些方面超越了前辈。

这是我们不能忽视的。

信息高度透明的生活

我们经常说"性格决定命运"，殊不知"环境决定性格"，一个文学环境和文学土壤，也会决定一个写作者的文学方向，以及一个写作者的文学品质。正是"科学的智慧"让信息技术越来越发达，让这片环境和土壤信息透明化，过去人类脚步到不了的角落，网络可以到达。然后大家站在一块几近相同的环境和土壤，看到一样的教育方式，看到一样的城市面貌，追一样的热点新闻……表面上"科学的智慧"让大家眼界更开阔了、性格更开放了，文学土地也应该更大了。可实际上，文学的土地不是越来越广阔，而是越来越狭窄。

为什么这么说呢？

因为从整体的角度而言，信息高度透明的同质化生活，人们的精神空间也高度趋同，不仅对作家的磨损很大，对读者的影响也很大。没有了一种独特的成长环境、孤独的私人空间，以及独自徘徊、别扭的平衡感，就很难写出奇绝的文字。

作家如何生长

同时，我也认为作家只是职业，不是什么了不得的身份，作家跟农民、工人、设计师、厨师、捏冰糖葫芦的手艺人一样，没什么区别，大家都是靠手艺吃饭。但是怎么吃很重要。

在今天，创作能不能教？这是一个世界性的争论问题。汪曾祺先生有篇文章，叫《沈从文先生在西南联大》，讲的是他的老师沈从文教写作的事儿。沈从文与汪曾祺先生认为"文学创作"是可以教的，但这个可教，绝不是循规蹈矩，或像数学公式一般。谁来教？怎么教？是个问题。

同样，鲁迅先生也不相信所谓的"小说作法""小说法程"之类的东西真能解决问题。所以他说现在市场上陈列着的"小说作法""小说法程"之类，就是专掏青年的腰包的，"因为创作是并没有什么秘诀，能够交头接耳，一句话就传授给别一个的，倘不然，只要有这秘诀，就真可以登广告，收学费，开一个三天包成文豪的学校了。以中国之大，或者也许会有罢，但是，这其实是骗子"。

放在今天，无论哪个专业作家"教"写作，还是学校教"写作"，究竟能培养多少"作家"出来？我们不得而知。但是大概率会掉入鲁迅所说的"小说作法"的泥潭。毕竟，有几个沈从文和汪曾祺呢？有几个鲁迅文学院呢？

我一直认为像文学、艺术和审美之类的东西，是不可教的，但可参考，可引导，可启发，可点拨。好的作家也是社会培养、生活培养、自我揣摩、自我解剖出来的。

我们经常说什么样的土地种什么样的瓜。同样的，什么样的土壤，就生长出什么样的作家。就像李白和杜甫只能产生在唐代，苏东坡和李清照只能产生在宋代。

同样，大家不要误会，我这么说，不是抱怨没有好的文学土壤，也不是在埋怨时代，更不是说读者不给力、老天爷不给力，而是说对于今天的文学困境，需要我们写作者、阅读者、协会、出版商的共同努力，才可重新构建起人们对文学的兴趣，建立我们的精神自立与社会意识。

我始终认为，有文化的滋养，中国的土地上，会自己生长出来许多作家、诗人、小说家。

己亥年岁末书，苏子由时年二十又五。

"鲁迅批评"与"批评鲁迅"

关于鲁迅先生，以及关于鲁迅先生的文字，我总是愿意谈的，而且是抱着诚恳的态度来谈。

鲁迅的人格和作品的伟大，今天大家都知道，不必多说。但是当年我不以为然。在小学的时候，我们班主任是语文老师，经常给我们讲鲁迅和高尔基的文章，那时候我以为天下的作家只有两位，一位叫鲁迅，严肃、沉闷、无聊，一位叫高尔基，赞美、乐观、生动。小学读完了，也没读出"门前有两棵枣树"的鲁迅到底在写什么，只记得每天进入教室，映入眼帘的便是墙上赫然的两排标语——"横眉冷对千夫指，俯首甘为孺子牛"。我心想，鲁迅很牛吗？

直到后来，读了他更多的书，了解了更全面的鲁迅，发现他能写小说，能写杂文，能写诗歌，能写散文，能做翻译，能搞学术，能做设计，能研究金石碑帖，是伟大的无产阶级的文学家、思想家、革命家，是中国文化革命的主将，是"民族魂"……就这些贡献而言，绝对是彪炳史册的人物。

毫无疑问，鲁迅是伟大的。而且时间越久，我越是相信他是伟大的。

当然，很多人批评说觉得教科书把鲁迅宣传得过于神，一个写字的人能有多伟大？鲁迅过激地批评旧的，却不曾创造一个新的出来，难道这不就是一个文化上的愤青吗？

要我说，也难怪鲁迅要弃医从文。我觉得说这种话的人，都不害臊。你和他谈文学，谈鲁迅开白话文风气之先，他跟你讲思想；你跟他讲鲁迅的思想建树，他就会和你扯说不够有哲学高度；你和他谈哲学，他又转移到道德上；你要和他谈道德，你猜怎么着？他就说鲁迅抛弃结发妻子娶了女学生；你跟他讲当时的婚姻困境和社会现实，他就又会说鲁迅的文学创作不值一提。鲁迅说，好，我"俯首甘为孺子牛"，他会站出来说，为什么只愿意低下头做一头牛被人骑一下？为什么不是"我以我血荐轩辕"呢？看来鲁迅还是不够有血性。鲁迅说，"我以我血荐轩辕"，他会站出来说，为什么只自己以血荐轩辕？为什么不带上许广平、周作人全家一起荐轩辕？看来鲁迅还是有私心。

我看绝大多数鲁迅攻击者都是这类。

批评容易，喊话容易，反对容易，但问题是怎么做，做什么？光靠胡适一篇《文学改良刍议》是没用的，要拿出白话文的作品示范来。所以鲁迅先生以《狂人日记》开山立派，"从此以后，便一发不可收拾"，于是又有了《孔乙己》，有了小说集《呐喊》《彷徨》《故事新编》，有了散文集《朝花夕拾》、散文诗集《野草》、杂文集《热风》……《呐喊》成为中国文艺史上真正的划时代的杰作。他以毕生功力为白话文杀出一条血路，荡尽敌寇、败尽英雄，天下更是无敌手，一举推翻旧时代四书五经文言文体系，奠定了现代汉语之根基，是为新世界开天辟地的一代宗师。《中国小说史略》更是把小说送入了文学的殿堂。如果没有鲁迅，哪里来典范的现代白话文著作，我们还在之乎者也吧！开宗立派难不难？当然难，鲁迅先生如果称自己第二，没有人敢说第一。如果这不叫创造，那什么叫创造？

鲁迅经常谈到三个问题：一、怎样才是理想的人性？二、中国国民性中最缺乏的是什么？三、它的病根何在？毫无疑问，那个年代的中国人最缺乏的是"诚"与"爱"，而最大的病根是骨子里的奴性。

所以鲁迅发明了"战斗文体"，在他的著作中，充满着战斗的精神、创造的精神，以及为劳苦大众请命的精神。抗战到底是鲁迅毕生的精神。

首先说他的战斗精神。他对于事物，是非分明，爱憎彻底，"怒目而视者，报之以骂，骂者报之以打，打者报之以杀"，你敢瞅我，我就骂你；你敢骂我，我就揍你；你敢还手？要你小命！鲁迅就是这样一个猛人。他常说文人不但要以热烈的憎，向"异己"者进攻，还得以热烈的憎，向"死的说教者"抗战。他认为在当时那个可怜的时代，能杀才能生，能憎才能爱，能生与爱，才能文。所以他也主张韧性的战斗，认为对于旧社会和旧势力的斗争，必须坚决，持久不断，而且注重实力……他认为虽然我们急于造出大群的新的战士，但是在文学战线上的人还要"韧"。这也是他的伟大之处。

其次说他的创造精神。我们都知道鲁迅先生写小说、杂文，但忽略了鲁迅也是诗人，你看《铸剑》多壮美，散文诗《野草》更不必说。

第三是为劳苦大众请命的精神。虽然鲁迅的小说，大多抨击旧礼教，暴露社会的黑暗，但是其实他心中是有悲悯的。他将所谓上流社会的堕落和下层社会的不幸，陆续用短篇小说的形式发表出来，无非是希望鞭策旧中国病态的国民性，表达对劳苦大众的同情。《阿Q正传》便是一个代表。

当然，又有人站出来说了，鲁迅"未能察脉而欲试华佗之方"，这跟操刀杀人有什么区别呢？

依我看，这些人又在说混账话了。

鲁迅先是文学家，再是思想家，最后是革命家。顺序不能错。但是，是不是说文学本身就应该承担这种责任呢？我觉得这是知识分子经常落入的圈套："让你来处于我的位置，告诉我你怎样做。"鲁迅也不例外。那时期中国的苦难正在刺激着国内的觉醒，开启了百年的救亡图存的各种模式的救国之路，其实药方很多种。鲁迅先生也给了药方，指了路。我们说文学家没有实践的话，文字就会过于空洞浅薄。毫无疑问，鲁迅先生是不断尝试和实践的，不然他的文字也不会力透纸背，那么有穿透力。

鲁迅先生于1903年在日本东京弘文书院求学时，剪辫题照为《自题小像》，赠给他的挚友许寿裳，有诗为："灵台无计逃神矢，风雨如磐暗故园。寄意寒星荃不察，我以我血荐轩辕。"这首诗即是许寿裳发表《怀旧》一文时首次披露于世的，后来收于鲁迅先生《集外集拾遗》一书中。

这首诗可谓是朴实无华，却字字千钧。

鲁迅先生说他因为不在革命的旋涡中心，而且不能长久到各处去考察，所以只能暴露旧社会的坏处，引起疗救的注意。至于怎么疗救呢？有什么药方解决中国的问题呢？鲁迅先生望闻问切，号了脉，写了阿Q，揭露了国民性之根本。那诊断准不准呢？到底这不是个快活，比较漫长，但是值得探索的过程。我倒觉得药方管不管用，不是鲁迅的责任，是抓药人的责任，以及如何实践的问题。天下本没有路，都是要靠自己走出来的。鲁迅先生的头脑是受过科学训练的，眼光敏锐，心细胆大，所以他敢冲破黑暗，指出国民性的缺点：中国人的不敢正视各方面，用瞒和骗，造出奇妙的逃路来，而自以为正路。在这路上，就证明着国民性的懦弱，懒惰，而又巧滑。我觉得在理。

那鲁迅伟大的本源在哪儿呢？就在他的冷静和热烈都彻底。用他朋友许寿裳的话，是冷静则气宇深稳，明察万物；是热烈则中心博爱，自任以天下之重。而且这二者是交相为用的，经过热烈的冷静，才是真冷静，也就是智；经过冷静的热烈，才是真热烈，也就是仁。所以鲁迅是仁智双修的。我觉得鲁迅先生更伟大之处，除了是面对污蔑"细嚼黄连而不皱眉"，还有面对强权也不露丝毫"奴颜和媚骨"，更关键的是鲁迅先生是有"大人格"的，是"虽千万人，吾往矣"的战士。这就很了不起。

那是不是就说鲁迅先生是完美的呢？倒也不是。

我们今天说"严于律己，宽以待人"，放到鲁迅这里，不好使。必须"严于待人，宽以律己"，鲁迅对伪君子假道学愚昧麻木的中国人的劣根性是严厉对待，没有一丝宽容的，善于以不正经的方式嘲笑、挪揄自己和别人，悲苦、怨毒，峻急里有寒光闪闪。但是轻轻放过自己。鲁迅先生给中山先生送过一句话：有缺点的战士依然是战士，完美的苍蝇不过是苍蝇。我不禁想起《史记》中太史公笔下的"燕雀安知鸿鹄之志哉"，或许我们不能说苍蝇和燕雀是错的，但是我们习惯把自己说成战士和鸿鹄，把反对自己、低于自己的人说成苍蝇和燕雀。可见鲁迅先生的苍蝇，又是对多少人的讽刺和蔑视呢？或是可以说苍蝇和燕雀终究是不及战士和鸿鹄，毕竟它在体格与精神上都太过矮小。

鲁迅确实是很犀利。尤其对旧制度与传统文化的批判。但是我们几千年以来的旧制度文化，是不是真的一文不值呢？其实也不尽然。中国文化几千年，忽略专制机器，把我们的制度问题嫁祸在传统文化的头上，这是以偏概全。

当然，鲁迅这个名字在今天依然是神圣的，大家可以接受"鲁迅批评"，但好像提到"批评鲁迅"就是一个危险的事情，是"冒天下之大不韪"的事情。其实，我作为小小辈，今天写了一些话，也是冒着大风险的，极有可能会招致骂名。

不过，我倒非常认可柏拉图的话：如果尖锐的批评完全消失，温和的批评将会变得刺耳。如果温和的批评也不被允许，沉默将被认为居心叵测。如果沉默也不再允许，赞扬不够卖力将是一种罪行。既然鲁迅是大家的榜样，想必允许有人可以站出来像"鲁迅批评"一般"批评鲁迅"，那样也许我们就进步了。

但是批评完，我们也要摸着良心扪心自问——鲁迅作为一个

"民族魂"，必然已经完成了他的使命和任务——深刻地揭示了中国文化和中国人的劣根性。但是我们作为后代，真的完成了我们的改造和重建了吗？真的完成了我们的使命和任务了吗？

仔细想了半夜，我横竖睡不着了……

王小波和他的作品

谈起王小波，无论大家读没读过他的书，对其印象总会是有趣的、幽默的，虽然我也不知道大家的印象是从何而来的。王小波不算是纯粹的文人，也不是体制内作家，对于很多读者粉丝来说，王小波算是启蒙思想家，是文学界的浪漫骑士，是独行侠，是一朵奇葩、一股清流，是剑走偏锋旁逸斜出，是可以坐在一起谈笑风生的老朋友。

遗憾的是，王小波走得太早了，没有活到今天再为这个无趣的世界添点乐趣。倒是他死后，这个世界关于他的消息更热闹了，他的全集、选集一版再版，尽管他终生致力于解构和反对权威，但他还是被捧成了新的权威，一代文学教父。对于王小波的追随群体来说，有所谓精神崇拜性质的自称——"王小波门下走狗"。

当然有人会好奇了，为什么这个人偏偏是王小波呢？

我觉得很好理解。一方面，王小波的阅历、性格、思想，让他的写作风格相对独特，就像一个在田野间光着膀子奔跑的野孩子；也让他的文字显得趣味又不缺乏思考，幽默又不缺乏理智，即使是历经坎坷，王小波身上仍然有对生命赤诚的热爱，有温柔有趣的灵魂，让他不那么俊秀的脸看起来有些笨拙的可爱，散发着迷人光彩。另一方面，大部分人都偏爱浪漫、有趣胜过悲苦一点的东西，比如诗仙李白与诗圣杜甫，同样是大唐顶尖的诗人，大家会把更多的欣赏、崇拜、赞誉第一时间给到李白，其次才是杜甫。放在王小波身上，同样适用。所以王小波会被极大部分人崇拜和推崇，会被人追随自称为"王小波门下走狗"，也就不足为奇。

其实，今天很大一部分人知道王小波，是因为其和夫人李银河的爱情故事。王小波的写作和同时期的作家相比，有着很不同的知识谱系和文学传承，所以会出现两种极端的情况，看进去的人觉得非常喜欢，没看进去的人认为没什么意思。

事实上，王小波在文学圈外的大众知名度很高。他的文学地位也主要体现在大众读者的认可上，这是最了不起的。

有不少人是只知道他作品的书名，而不知道内容与思想，比如《爱你就像爱生命》，比如《一只特立独行的猪》，但这不妨碍他们喜欢王小波。似乎只要被人知道"我喜欢王小波"或者"王小波是我偶像"这件事，就足够有品位，足够有格调，足够体现自己的与众不同，足够在人群中显示优越感。他们要的不是拥有王小波的趣味思想和黑色幽默，而是拥有"王小波"这个名字的象征价值。倘若以后再有人问什么是王小波？你就可以跟他说，王小波是一瓶不开封的八二年的拉菲、人头马之类的名贵红酒，不是用来喝的，不是用来醉的，而是适当的场合拿出来，可以壮壮胆子、撑撑脸面，让人觉得高端、大气、上档次——可以在人群中大声说出："哟，巧了，王小波是我偶像！"你看，认真读王小波的人，才显得真傻。

对于我来说，与其说王小波是优秀的作家，不如说他是有趣的作家。收藏过一套《王小波全集》，读过他的大多数作品，我可以客观地说，王小波对于文学来说，是个惊喜也是个奇迹，但是王小波也是人，文字有优点也有缺点，不用过分神话。

很多年前读《万寿寺》，读《红拂夜奔》，第一印象就是文字太有趣了，小说还能这样写，跟大多数人读《百年孤独》一样，觉得有种乱七八糟的好。他的书有一种自由精神，比如《红拂夜奔》《万寿寺》《黄金时代》《寻找无双》里面的女性，陈清扬、红拂、红线、无双等，都是具有自由之精神的。这种自由精神鼓励人去冲破束缚，去打开自己的思想枷锁，追求更为深远的东西。

在王小波看来，他认为人是需要有趣、情爱和智慧的。

最有代表性的小说《黄金时代》，你看书里很多地方写到"伟大友谊"，不管陈清扬对世界的幻想如何如何，她对王二那所谓"伟大友谊"的期待如何如何，都不可避免地要遇到王二赤裸裸地坐在山坡上的小草屋里，小和尚丑陋地直挺挺指向天空。我估计很多黝黑干瘦的男孩，在青春期会专门把《黄金时代》和贾平凹的《废都》、村上春树的《挪威的森林》一起偷偷塞进书包当情爱小说看。

毫无疑问，《黄金时代》这种写法会让王小波遭受非议，比如"媚俗""低俗"种种。但我更偏向他不是为了找些非议，或是想要媚俗，而是为了表现对过去那个时代的回顾。他在《黄金时代》中写道："那一天我二十一岁，在我一生的黄金时代。我有好多奢望。我想爱，想吃，还想在一瞬间变成天上半明半暗的云。后来我才知道，生活就是个慢慢受锤的过程……可是我过二十一岁生日时没有预见到这一点。我觉得自己会永远生猛下去，什么也锤不了我。"王小波认为想爱和想吃都是人性之本，是"食色性也"，如果得不到，就会成为人性的障碍。

在王小波的小说里，这些障碍本身不是主题，对人的生存状态的反思才是真正的主题。所以王小波小说其中最主要的一个逻辑是：我们的生活有这么多的障碍，真有意思。这种逻辑就叫作黑色幽默。王小波的黑色幽默的确是他的气质，是天生的。

王小波的思想确实曾经给了我很大的启示和冲击。我也爱读他的杂文，像《沉默的大多数》《我的精神家园》等，会让你不自觉进行自我审视。写作这东西，尤其是写不那么大众的作品，不但挣不了钱，有时还要倒贴一些，这是实话，不过王小波也说"人类的存在，文明的发展就是这个反熵过程"。王小波是个明白人，看得透彻。他在《沉默的大多数》中对老前辈们的反驳做出回应："但是在这世界上的一切人之中，我最希望予以提升的一个，就是我自己。"这话如他所说，很卑鄙，很自私，也很诚实。

在我看来，王小波的作品也不是说全好，也有啰唆、直白、粗糙的地方，好在他的作品在充满着语言表达的幽默与理性思考的趣味的同时，也透着大智慧。这也是王小波的独特与厉害之处。

这种自由精神鼓励人去冲破束缚，去打开自己的思想枷锁，追求更为深远的东西。

我在写作的时候时常想象，如果王小波活到现在，他还会写出怎样有趣的文字，活出怎样诗意的世界？

　　我思索着，灵魂飞向远处的草坪，我看见一群猪在泥潭里打滚，特立独行的那只跑到我身边，嗅了嗅我的气味，盯着我平放在草地上的札记看了片刻，清澈透亮的眼睛里泛着光。我看它朝我眨了几下眼睛，仿佛是某种暗示和期许，然后便头也不回地朝远方奔去。我赶忙问："你说人死后到底有没有灵魂啊？"

传统文化的价值选择

谈到传统文化，大家总是会想到《诗经》、楚辞、汉赋、唐诗、宋词、元曲等古诗词文学，或是《论语》《孟子》《老子》《礼记》《大学》《中庸》等古代典籍，或是如端午节、重阳节等传统节日。

其实传统文化的定义远不止如此。

春秋战国时期，我国奴隶制瓦解封建制形成。随着剧烈的社会变革，阶级关系也随之发生巨大的变动。在意识形态领域，出现了"诸子百家"和"百家争鸣"的盛况。

"诸子百家"是指春秋战国时期，思想领域内出现了大量的各阶级、阶层利益的思想家及其著作。"百家争鸣"是指春秋战国时期错综复杂的阶级斗争在思想战线上，反映出群星灿烂的各种不同流派的学说互相争辩的异常活跃局面。在这个时代，一批又一批以"立言"而享不朽声名的文化学术大佬——老子、孔子、墨子、孟子、庄子、杨朱、管仲、商鞅、乐毅、申不害、荀子、韩非子、惠施、公孙龙、孙武、张仪、苏秦、吕不韦、孙武、吴起、韩非子等，崛起于社会的各个阶层，提出了很多高深的思想观点。

关于对"诸子百家"的论述，西汉初期司马迁的父亲司马谈认为："诸子百家"主要是指"阴阳""儒""墨""法""名""道"六家，而西汉末年的刘歆和东汉班固却认为"诸子百家"主要是指"儒""道""阴阳""法""名""墨""纵横""杂""农""小说"十家。当然，每个学派都有自己极其推崇的学术思想。

这些时期，应该是出现了中国思想的高峰。比如道家的哲学，老子认为宇宙万物的本源是"道"，提出"无为而治"，庄子对老子关于万物生成于精神性的"道"的学说的看法是，"道"之上还有个"无始"，"无始"之上还有个"无无始"，在那里无所谓有"有"和"无"。比如儒家的大同理想，孔子以"仁"讲"礼"，"礼"又要体现"仁"，孟子宣扬"仁政"，主张"民贵君轻"。比如兵家的军事理论，孙子的《孙子兵法》，蕴含了极为丰富的辩证法思想。比如墨家的逻辑学和科学思想，比如法家的法治思想，重视法律而反对儒家的"礼"，主张"缘法而治""不别亲疏，不殊贵贱，一断于法""君臣上下贵贱皆从法"，等等。

总之，用我们今天的话说，这是中国知识分子有史以来的内容红利时代。

而且同时期，国外几大文明区域，也达到了思想文化的巅峰。在印度，出现了释迦牟尼，以及著名的"六师外道"，在希腊，出现了苏格拉底、柏拉图、亚里士多德、阿基米德等。所以，康有为又把这个时代称作"诸子并起创教"的时代。他说："于是才智之尤秀杰者，蜂出挺立，不可遏靡，各因其受天之质，生人之遇，树《论语》，聚徒众，改制立度，思易天下。惟其质因此于阴阳，故其说亦多偏蔽，各明一义，如耳目口鼻不能相通。然皆坚苦独行之力，精深奥玮之论，毅然自行其志，思立教以范围天下者也。外国诸教亦不能外是矣。当是时，印度则有佛、婆罗门及九十六外道并创术学，波斯则有祚乐阿士对创开新教，泰西则希腊文教极盛，彼国号称同时七贤并出，而索格底集其成。故大地诸教之出，尤盛于春秋战国时哉！"（出处康有为《孔子改制考》）可以说，这个阶段是人类思想大解放、大繁衍、大创造的时代，理性的阳光普照世界，灿烂的思想遍地开花。

当然，中学与西学、新学与旧学的碰撞，以及传统文化的精华与糟粕，是一直被人们讨论的问题。就像我们对于西方文化"西学所用"一样，对于我们的传统文化也要"取其精华，去其糟粕"，而不是停留在历史的表面，或者单纯为了缅怀古代。不能一味颂扬，更不能一味否定。

我们今天谈到传统文化，认为是老旧的、静止的、过去的东西，其实是动态的、发展的系统。传统文化中的精华是一种人类追求的真、善、美的人生境界，也是一种道德践履之学、内圣外王之学、安身立命之学和人生智慧之学。波普尔曾针对那种妄图"彻底清洗社会这块布——创造一块社会的白板，然后在它上面画出崭新的社会制度"的理论指出：没有比毁掉传统的构架更危险的了，这种毁灭将导致犬儒主义和虚无主义，使一切人类价值被漠不关心，并使之瓦解。而且，一旦毁灭了传统，文明也随之消失。所以对于传统文化，我们也要看到它未来产生的意义，在日常工作学习生活中灵活运用，取其精华，去其糟粕。

在今天年轻人这一代，中国更强了，中国传统文化逐渐在复苏了，不少男孩、女孩纷纷穿起唐装汉服，这也是一种宣扬，有利于增强中华民族的凝聚力。

传统文化中的自强不息、厚德载物、勤劳勇敢、真善美等民族精神与品质，也是我们应该深入修行的。虽然"以民为本""惠民""安百姓""民贵君轻"这些政治思想在古代是在维护君权的前提下提出的，但是放在今天建设社会主义的背景下，也是充分具有人文主义精神，有利于现实社会的进步与发展的。而传统文化中夹带的个人崇拜、等级束缚、任人唯亲、重农抑商、重义轻利、权谋主义等，也是需要我们去分辨、取舍与创新。

这些，是我个人关于传统文化的浅见，之于每个人，还是需要我们自己做好价值选择与判断。

传统文化如何成为智慧

管仲先生尊鉴：

您好啊，见信如晤。

从大学时候，我就开始创业做企业，开始关注商业，关注科技发展，关注宏观经济。因为要带团队，所以也经常思考如何从我们的传统文化和往圣先贤的过往历史中，去获得眼界和智慧。

我知道您很懂得消费对经济的作用，懂得拉动内需。在《管子》中您提出奢侈理论，您说富人一定要奢侈，富人奢侈了，穷人才能赚钱，财富就重新分配了。所以您提出了著名的"雕柴画卵论"。您说富人家烧柴，最好雕上花再烧，富人家煮鸡蛋，最好画上彩绘再煮，这样穷人就可以靠雕柴画卵挣钱。其实就是鼓励消费，带动经济，拉动就业。当初您在春秋乱世，用这些智慧也干了很多大事吧。

两千多年前，听说齐桓公迎接您后，和您聊了三天三夜，句句投机，斋戒三日，拜了您为相，称您为"仲父"。那您和齐桓公好几天不喝酒、不吃肉，究竟都聊了些什么呢？您有没有跟他聊过"传统文化如何成为智慧"这个话题呢？

您辅佐齐公内"修旧法，择其善者而业用之"，外"御戎狄""卫诸夏""隐武事，行文道，帅诸侯而朝天子"，尊王攘夷，九合诸侯，兴灭继绝，一匡天下，最终辅佐齐桓公成为春秋五霸之首。在春秋乱世有这个成就，我觉得您很了不起。您去世后，便人亡政息，齐国的霸主地位也便不复存在。

但是，您当初为什么不像周公那样力挽狂澜，去改变残酷的历史走向呢？

您的丰功伟绩和历史成就使孔老夫子也由衷地赞叹，他说："管仲相桓公，霸诸侯，一匡天下，民到于今受其赐。微管仲，吾其被发左衽矣。"我在想，如果没有您，我们今天也会成野蛮人吗？但是，有江湖传言说孔老夫子轻视您："管仲，世所谓贤臣，然孔子小之。"这是太史公马迁在《史记·管晏列传》中说的话。但我觉得是有误会的。

您对孔老夫子的影响不可低估，他和您都来自社会底层，有着相似的遭遇，有着相似的苦楚。他其实对您是理解的，所以有故事说，当孔子的弟子子路、子贡等人，指责"桓公杀公子纠，召忽死之，管仲不死""桓公杀公子纠，不能死，又相之"的时候，孔老夫子断然为您解释：难道管子也像普通老百姓那样守着小节小信，而在溪沟中自杀吗？《史记·管晏列传》中说您的知己鲍叔牙对您的这段遭遇，也曾是"鲍叔不以我为无耻，知我不羞小节而耻功名不显于天下也"。可见孔老夫子和鲍叔牙对您的理解是如此的一致。另外，您和知己鲍叔牙的故事，被誉为"管鲍之交"，成为千古绝唱，生您的是父母，知您的是鲍叔牙啊。

之前，有读者朋友问过我一个"横渠四句"的问题，他说：

"不知先生思考过这横渠四句没有，'为天地立心'，心是什么？天地是否有心？天地若有心，是否还需要立？谁来立？立心干什么？怎么样立？'为往圣继绝学'，圣学如果好，为何还需继？圣人在神坛，后人只好膜拜，膜拜的结果就是永远无法超越，未来又当如何继续？最有问题的莫过于'为生民立命'，民生来有命，立什么？就像历史上的'大学之道'，到底是'在亲民'，还是'在新民'？一字之差，民祸生焉？"我觉得都是好问题，我也认真回答了。

我说天地本无心，但人有心，人乃万物之灵，心是仁者之心，圣人之心，恻隐之心。立心就是立天理，重建我们的精神价值和道德纲常，确立生命的意义和方向。"立命"实则为通过修身致教，为同胞立命，让生命健康繁衍安身，比如医生。百姓不饥不寒免于战乱，物质上风调雨顺丰衣足食，才能继绝学。另外，孔孟圣学固然好，但也需后人去继承、弘扬和创新，让往圣智慧和文明得以延续。人生在世，立心立命继绝学，做到诚心正意，格物，致知，明理，努力达到往圣的境界，国家不至于发生动乱，才能为万世开太平之基业打基础。其实，横渠四句是层层递进的关系，好比"先修身，再齐家，后国治，而后天下平"，其实大同小异。

于是，我想起您说过的"仓廪实而知礼节，衣食足而知荣辱"。粮仓充实、衣食饱暖，荣辱的观念才有条件深入人心，老百姓也才能自发、自觉、普遍地重礼节、崇尚礼仪。

这让我想起唯物论中"物质决定意识"，也让我想起国外的心理学家马斯洛的"需求层次理论"。马斯洛将人的需求划分为五个层次，由低到高依次分为生理、安全、社交、尊重和自我实现五种需求。当然，"仓廪实"和"衣食足"放在今天，这是小康社会建设的前提和基础，但是现实是"仓廪实"和"衣食足"也未必就一定"知礼节"和"知荣辱"。我觉得精神文明并不是随着物质文明建设自然而然发展起来的，精神文明也需要建设，也需要经过长期和艰巨的建设过程才能形成发展。

如今，社会已经进入工业化、信息化、科技化、现代化的文明社会，人类也已经不再披头散发、衣襟向左，您觉得传统文化存在的意义是什么呢？是不是以文载道、传道、立心、继绝学呢？

当然，我发现中国传统文化的范畴比较大，一言两语说不清。从诸夏九黎、战国风云、三国天下、十六国春秋、鉴真东渡、五代十国、汉藏和亲，一直到金元入关等，中国的多元文化的撞击和融合从未间断过。文有形，而道无形，唯心可得。

任何一种文化，都存在着精华与糟粕、积极与消极、进步与落后，也需要辩证地看待；学习传统文化从中获得智慧，也要靠领悟，先悟妙心，行无修之修，证无证之证。用自己的人生经验和古老的传统文化对话，打通历史与现实、战场与职场，取精华去糟粕，古为今用，适可而止，乃为上策。晚辈很希望有机会能和您交流交流这方面的话题。

后天凡俗人心，非先天本心，只见三维表象，故不究竟。看见历史又不见历史，从字里行间的时空变幻中，我看见您向我缓

文有形，而道无形，唯心可得。

缓走来，我准备了两碟花生米和几瓶好酒，打算和您聊个三天三夜，也许我们之间会句句投机。届时，我拜您为首席战略官，称您为"CSO"（Chief Strategy Officer），您会帮我一起做成独角兽企业、拉动经济、创造价值去造福社会吗？

　　临书仓促，不尽欲言。

苏子由叩禀

庚子年（2020）初夏

钱锺书《围城》的秘密

一

很多人会把《围城》当作一部爱情婚姻小说来读。这当然不算错，因为纵览整部小说，主角方鸿渐的身边从来都没有缺少过女人。但实际上，钱锺书先生想要说的却又不仅仅是爱情这回事。

方鸿渐到底是个什么样的人？他不是能迷倒万千少女的莱昂纳多·科恩，也不是一辈子潇洒、温润到极致的亨利·米勒，更不是流氓混蛋，没有发明勾股定律，没有提出相对论，就是一个普普通通从国外回来的留学生，一个平淡无奇的人物。可就是这个平淡无奇的普通人带我们看到了世间的四种爱情：情欲的爱、门当户对的爱、求之不得的爱、不可摆脱的爱。通过他每一段爱情中不同的经历与感受，给我们揭秘了婚姻这座围城原本就矛盾的本质。

尽管这本小说的情节平淡如水，没有刺杀情节，没有穿越故事，没有浪漫场面，甚至有点琐碎，但我还是觉得书中这四种爱情安排得太好了，恰到好处，很真实。

二

方鸿渐的第一段爱情，是与鲍小姐。也许你要说这根本算不上爱情，只不过是一段艳遇罢了。然而实际上，对于一个初遇爱情的人来说，伴随着情欲的刺激和心跳，加之被鲍小姐欺骗感情的感觉，足以令人痛彻心扉。我们就把这段不太完美的短暂爱情称为"情欲的爱"。

方鸿渐的第二段爱情，是与苏文纨。提起苏文纨，可引谢惠连的《雪赋》："凭云升降，从风飘零。值物赋象，任地班形。素因遇立，污随染成。纵心皓然，何虑何营。"此诗正注释苏文纨在小说中的际遇，空有苏小妹才名及法国博士帽，却沦落到先后与方鸿渐诸人玩爱情与智力的双重游戏。伪洁使她追求的女性新生活注定是媚俗的。这是一段表面看上去最为登对的爱情：男博士配女博士，乡绅公子配大家闺秀。放在今天，郎才女貌。但爱情之所以为爱情，也不仅仅是合适而已。所以这段爱情，最终也是无疾而终。

方鸿渐的第三段爱情，是他的一生挚爱，也就是苏小姐的表妹——唐晓芙唐小姐。这也是整部小说中最为浪漫美好的一段。唐小姐纯真天然，恰似"出水芙蓉"，比起鲍小姐来说她更加青涩，比起苏小姐来说她又更加单纯。这也是风流倜傥的方鸿渐，为什么突然间就丧失了所有的经验和伎俩，变得这么的羞涩和胆怯的原因。就像我们经常说的，在真爱面前再老练的情场高手也会变成幼稚的小孩。我们说爱情之所以为爱情，可爱之处，就是如此。

这一段爱情，我站在一个写作者的角度去分析，其实会看到这也是作者钱锺书的安排。钱锺书最爱的当然就是唐小姐，正因为如此，才故意安排唐小姐决不能够嫁给方鸿渐。

因为美好的爱情永远只能停留在记忆与想象里，一旦落实到了柴米油盐之中，就会失去原本纯粹天真烂漫的模样。这就是我们经常感叹的：最完美的永远是得不到的，得不到的永远在骚动，被偏爱的都有恃无恐。我们说爱情之所以为爱情，可恨之处，也是如此。用今天的话说，或许我们可以把这一段爱情称为"求之不得的爱"。

方鸿渐的第四段爱情，是与一切都"平平"的孙小姐。她相貌平平、出身平平、性格平平，可以说一切都平平。就连他们认识的经历也十分平平——他俩是同事。她是最普通，但也是最真实的一个女人。也许你会疑问，经历过一夜风流、两相别离、三种相思、风流倜傥的方鸿渐为什么要娶一个"路人甲"做自己的老婆？

我倒觉得《围城》人物谱里更有独特意义的就是孙小姐。这个怯生生的小女生，这个似乎没有什么主见的小女生，这个小鸟依人地将自己交付方鸿渐照顾的小女生，却是个最工于心计的人。就像她的名字一样，孙柔嘉，既柔又嘉、柔能克刚，她就像一个甜蜜的圈套，却掌控着自己的婚姻、生活和命运，也掌控着方鸿渐的婚姻、生活和命运。

我们与其说是孙小姐千方百计地嫁给了方鸿渐，不如说只有孙小姐才是方鸿渐最后的避难所。如果不是她，方鸿渐最后的感情与婚姻又将落脚于何处呢？

三

我相信大家每一位，都一定遇到过一位各方面普普通通的"孙小姐"，或者身边的婚姻伴侣，就是我们所说的"孙小姐"。现实也许荒谬，生活也许残酷，但是它最厉害的一点就是真实，真实到根本没有人能够有力量去违逆它。或许，我们可以把这最后一段爱情称为"不可摆脱的爱"。

可以说，主角方鸿渐的人生，就是从一个"围城"走向另一个"围城"之路，出城了，又进城，进城了，又再出城……为什么会这样？方鸿渐是一个没有半点学识的人吗？对于爱情是随波逐流、没有自己明确追求的吗？事业上没有自己的期待吗？都不是。就凭他的女人缘这么好，多少是有点本事的。只是他犯了一个十分致命的错误：终其一生，他都努力想要活成别人所期待的样子。放在今天，我们多少人像方鸿渐一样，读了书，留了洋，拿了文凭，最后还是没有开悟获得智慧？

其实大多数人绝大部分的精力，也都花在寻求归属感和认同感中，似乎别人说了什么，比你自己做了什么更重要。终其一生，都在努力成为他人所期待的样子。这或许也是大多数人无法摆脱的困境与孤独。

所以，我们很多人的生活，不过是从一座围城，逃向了另一座围城。或许，我们每个人身上，都有方鸿渐的影子。

这就是整部《围城》中最大的一座城，也是人们心中最牢固、最难冲破的一座围城——"自我的围城"。方鸿渐对归属感和认同感的盲目渴望，使他无论怎样挣扎都逃不开被束缚的命运。这才是钱锺书的意图和这本书的"秘密"。

四

钱锺书出生于诗书世家，从小就聪明过人，他的天赋主要表现在文学上。《围城》是他在1945年到1946年间完成的。据他的太太杨绛女士回忆，当时他只有晚上才有时间写小说，而且每天只能写五百字左右，最后在困顿之中"锱铢积累"完成了这本小说。杨绛女士在《记钱锺书与〈围城〉》一文说：小说"从他熟悉的时代、熟悉的地方、熟悉的社会阶层取材，但组成故事的人物和情节全属虚构。尽管某几个角色稍有真人的影子，事情都子虚乌有；某些情节略具真实，人物却全是捏造的"。比如方鸿渐取材于两个亲戚：一个志大才疏，常满腹牢骚；一个狂妄自大，爱自吹自擂。但两个人都没有方鸿渐的经历，倒是作者自己的经历，比如出国留学、担任大学教授，与作品有相合之处。作者可能从他们身上获得了些启示，但并不能对号入座。

钱锺书用"围城"的这个故事，一语点破了人性的这份荒诞性，点破了我们所有人被围城"围困住"的人生，和知识分子自身的桎梏。就如书中所说：围在城里的人想逃出来，站在城外的人想冲进去，婚姻也罢、事业也罢，人生的欲望大都如此。

或许用哲学家叔本华的话来解释更直接：人生就是一团欲望，当欲望得不到满足便痛苦，当欲望得到满足便无聊。钱锺书正是把这种"得不到就痛苦，得到了就无聊"的状态，比喻成了一座座围城。

放在今天，我们大多数人的一生中，也都会遇到妖娆艳遇的"鲍小姐"，遇到门当户对的"苏小姐"，遇到心动清纯的"唐小姐"，以及和普通平平的"孙小姐"结婚。然后经历这对应的四种爱情：情欲的爱、门当户对的爱、求之不得的爱、不可摆脱的爱。以及都会有人生的三座围城，"婚姻的围城""事业的围城"与"自我的围城"。

敏锐如钱锺书，聪明如钱锺书，他认识到了这一点，他用尽讽刺与戏谑的笔法，通过一个小小的方鸿渐，写尽了我们每一个人的人生中都难以摆脱的困境与孤独。他用这本小说给我们展示了毒舌钱锺书这个真正的聪明人是怎样看人生、理想、现实、爱情、婚姻的本质的。如果这世界有讽刺大学，钱锺书可做校长。

我们不得不说，钱锺书了不起。

我们要庆幸有这本《围城》，可以让我们在看透了这份"围城"的真相后，时刻警醒自己，要认清自己的内心，不要为了迎合外界而让自己活成了别人所期待的模样。别被欲望铸成的高墙困住，不要再执着于从一个围城逃去另一个围城。在围城之内，就享受城内的安逸；在围城之外，就享受城外的自由；这才是我们应该修炼的人生终极功力。

从《房思琪的初恋乐园》浅谈女性主义

在我们所生活的这样一个环境，谈论女性话题，总是不容易的。自古以来，女性总是被归为消费、物化和想象的那一类，女性也往往承受着成倍的男性凝视、性别歧视和骚扰。

这里我要谈到一本书叫《房思琪的初恋乐园》，你可以从书中房思琪痛苦的内心独白——"一个人与整个社会长年流传的礼俗对立，太辛苦了"——感受到房思琪的绝望。房思琪说她自己像是什么呢？说自己是馊掉的橙汁和浓汤，是爬满虫卵的玫瑰和百合，是一个灯火流丽的都市里明明存在却没人看到也没有人需要的北极星。

最令我震惊的是，房思琪在受到侵害之后，对自己进行自我欺骗：我是爱老师的——如果我也爱老师，那就是爱，你爱的人对你做什么都可以。文学为房思琪眼中的李国华带来了光环，所以房思琪不会认为侵害她的博学的李老师是禽兽，她用两情相悦合理化了这场侵害。然后《房思琪的初恋乐园》中连续多年侵害多个女学生的老师李国华暗自得意——他发现利用社会对女性的禁忌感太方便了，侵害一个女生，全世界都觉得是她自己的错，连她都觉得是自己的错。就这样，书中的房思琪最后灵魂走上绝境，终于她发疯了。

房思琪的绝境，也是作者林奕含的绝境。

这本书我在不同年龄读过三遍以上，读完像被什么堵住了喉咙，悲痛、绝望还是愤怒？我觉得每读一遍都有但也不全都是。如果中国女性文学史未来重新整理，大概率会有这部"向死而生"的绝唱，会有作者林奕含的名字。

这本书同样让我想到一本讲关于韩国女性的书籍《82年生的金智英》。金智英，一个再平常不过的名字，她是谁呢？为什么非得是82年生呢？当然，82年生的金智英，也许不是一个人，而是一类人，是一类被父权笼罩、被家庭倾轧的女人，她们不一定是82年生，她们不一定叫金智英，就像她们不一定叫房思琪一样。她们可以是83年生的张小红，可以是84年生的李小芳，也可以是15岁的王思琪，20岁的周思琪。在这些书里，只是她们因同样的原因被归类为一个叫某某某的名字。

从《82年生的金智英》里你会看到，金智英是那种你每天都会迎面遇到的普通女孩。从小她就有很多困惑——家里最好的东西总是优先给弟弟，她和姐姐只能享有剩下的食物，共用一间房、一床被子。上小学时，被邻座男孩欺负，她哭着向老师倾诉，老师却笑着说："男孩子都是这样的，愈是喜欢的女生就愈会欺负她。"上了中学，常要提防地铁、公交车上的咸猪手。大学毕业，进入一家公关公司，她发现虽然女同事居多，高管却几乎都是男性。下班了也不得不去应酬，忍受客户的情色笑话和无休止的劝酒。三十一岁结了婚，不久就在长辈的催促下有了孩子。在众人"顺理成章"的期待下，她辞掉工作，成为一名全职母亲。此时的金智英仿佛站在迷宫的中央，明明一直都在脚踏实地找寻出口，却发现怎么都走不到道路的尽头。有一天，金智英走上绝境，她精神崩溃了……

这个故事似曾相识吗？是另一平行维度长大的房思琪吗？是现实世界中的多数女性吗？我觉得很像。

我们今天的女性，不一定经历了像房思琪、金智英那样的痛苦，但是获得的却是跟房思琪、金智英一样的不被理解。我一直认为这个世界上，无论男人女人，遇到所谓誓言旦旦的"爱情"，或是香槟满车气派辉煌的"婚姻"，或是美妙的"情欲"，都不是这个世界最稀罕的事儿，不值得你天天拿出去炫耀。要我说，活在这个世界上，最缺少的事情恰恰是真正的理解。

那种不被人理解，就像是扑通一声掉进又苦又咸的海水里，你使尽全身的气力怎么游都游不到边，岸上站满观望的人群，没有一个人向你伸出手；又像是进入一个钢铁锻造的笼子里，铁锁上锈迹斑斑，你知道这把锁一定有一把匹配的钥匙，但是你却不知道这钥匙在哪儿；也像是一面巨大的镜子，正面的镜子里永远可以看到蝴蝶漫步、玫瑰飞舞，一双双深情的眼睛像环绕在你身边的飞鸟，反面的镜子里是无边的冬夜和沉默。几年前，我写过一首诗，就叫《镜子》：

我在镜子里看不见
装有喜怒哀乐的眼睛

看不见青丝缕缕，岁月悠悠

但我看见一树花开

又瞬间萧败

唾手可得

也永远相隔

镜子有两面

一面是爱情

——透明，绝对，纯粹

一面是人生

——浑浊，真实，寂寥

镜子的正面，

爱与恨，彼此美丽

也彼此消逝

镜子的反面

照不出黎明

　　房思琪、金智英以及多数的女性，或许都是掉进海水里的人，也是被锁住却找不到钥匙的人，更是生活在两面镜子世界的人。她们在自己的世界里，挣扎求索，渴望救赎。而这唯一的救赎方法，大概只有"爱"。

"爱"有时它可以让你陷入棉花糖般的梦幻里，有时像剑刃游走在你身上最脆弱稚嫩的皮肤。

　　所以，喜欢文学的房思琪，有"女性意识"的金智英，他们走上了绝境……为什么会疯呢？原因何在？因为天生的隐忍、温和、懦弱，以及女性的自尊心。哪怕能感知到自己遭受的不公，但大声抗议的那个人，不是她们自己，她们总是沉默、牺牲和让步。

　　更大的原因是，在今天，作为一个普通的女性，也许名字普通，生活普通，经历普通——没有房思琪、金智英的遭遇，没有被侵害，没有伴侣出轨，没有被PUA和家暴，没有被迫读一个自己不喜欢的专业，有一个爱她关心她的丈夫，等等，然后正是我们认为的"普通"，才有了司空见惯，才有了我们的习以为常。也正是因为普通，才说明她们所遭受的，现实中的女性可能也遭受过。有时候，她们甚至没有意识到自己遭受过。但是这些女性从未停下前进的脚步——无论是养育孙子的奶奶、兼顾育儿和工作的职业女性妈妈以及追求自己理想生活的女孩……

　　那些存在于这个世界的女性们，她们的现实是什么？是夫为妻纲，是大家审美背后隐藏的限制女性的行为，是被经验认为是正确的东西，从而确保男性地位的稳定。

　　无论是我们在这里提及的《房思琪的初恋乐园》《82年生的金智英》，还是夏洛蒂·勃朗特的《简·爱》、纳博科夫的《洛丽塔》、波伏娃的《第二性》等关于女性的书籍，我都希望被更多人看到。这些不被关注的女性们，值得我们每个人去理解和救赎，这是一件非常有意义的事情。

其实，关于女性主义虽然我说了这么多，但还是显得格外苍白。没错，在某些方面，文学就是这么徒劳。面对这些女性问题，我们每一个人都有责任。如果要追求真正的女性主义，男女都得努力，最终去实现两性都能自由，才能真正救赎自己。

这就是一点儿我真真切切想说的话，仅此而已。

己亥年（2019）中秋作，苏子由时年二十又五。

第四辑

活着要有自己的颜色

何以遣此有涯之生

人生本无终极意义，所以追求意义本身就毫无意义。生活本身是乏味的，日出而作，日落而息。有人为了名利、金钱、地位，忙得身心疲惫，逢迎苟且。有人做许多看似无用之事，比如琴棋书画，比如诗酒花茶，比如爱与等待，而因为有了情感寄托，有了美好过程，生活就有了五彩缤纷，就有了自己的颜色，就有了浪漫。

人生无常，如石火风灯。岁月不饶人，饶不了女人，机会不等人，等不了男人。我希望我的余生在岁月变幻中，偏安一隅，坚持一些无用但美好的事。

有琴。无论是古琴、小提琴、马头琴还是钢琴，只要能出声就好。如果一个人，就像王维"独坐幽篁里，弹琴复长啸。深林人不知，明月来相照"，一样有格调，一样很美好。如果有朋友过来，就像陶渊明一样，弹奏几首跑调的曲子，把朋友听得云里雾里，也是一种乐趣。或如苏轼"早晚渊明赋归去，浩歌长啸老斜川"，跟着琴声大声吟唱，吓走孤魂野鬼，不至于害怕，也不至于空虚寂寞、暗牖蛛网、空梁燕巢。当日子无趣、身边的狐朋狗友无趣时，弹弹琴是更有趣的事，不至于长夜漫漫，一个人看蝴蝶飞西园，看门前生绿苔，一个人听秋风下落叶，愁叹红颜衰老。

有棋。晚饭过后，橙霞漫天，约三两老友到家里，像白居易与刘十九一样，围棋赌酒到天明。不去争输赢，困了就随时睡去，一局残棋寄深情。或去公园散散步，和须发皆白的老者下会儿棋，楚河汉界，人欢马叫，高瞻远瞩，运筹帷幄。或是看看老爷子们斗棋争棋，观棋不语，看一吃一让、明争暗斗中，清风拂面，笑傲江湖。

有书。买点旧书，堆在床头或者书架，最好要有全本的《诗经》《楚辞》《资治通鉴》《花间集》《红楼梦》《金瓶梅》、二十四史、亨利·米勒全集、卡尔维诺全集、王小波全集、王朔全集、阿城全集、约瑟夫·布罗茨基诗集、维斯瓦娃·辛波丝卡诗集、苏子由诗集，等等。开心时拿起来读一读，从字里行间，感受时空的味道，可以看见刀光剑影、杀伐决断，可以听见紫禁城里嫔妃们的窃窃私语，可以瞥见深深庭院里眉眼灵动的丫鬟，头簪摆动，朱唇皓齿。伤心时、愁苦时、落寞时，拿起来摸一摸，摸摸被岁月打磨过依然细腻的诗歌和文字，足够抚慰，足够浪漫，足够铭记，可以度过漫漫长夜，甚至是一生。

有画。从山水书画、金石鼎彝中，了解古人的生活习性、日常器用和古朴服饰，在彩陶上看看互相追逐的鱼、奔跑跳跃的鹿，在水墨中看看人物、佛像、山水、花鸟、走兽、树石、骏马、野鹤，随性一点，洒脱一点，不必抱着"一刀一枪，博个封妻荫子"的期待，祈求在书法上练成王羲之、王献之、颜真卿、董其昌，祈求悟出绘画的真谛。从画内画外，丰富欣赏能力，丰富审美能力，感受画中的惊、奇、妙、有，感受精神上的静、气、神、韵。内心沉静滋养，心跳呼吸放慢平和，还可以多活几年，可以多消磨几年欲望妖怪。此中乐趣，难与外人道也。

有诗。有时间，就多背背诗经楚辞、唐诗宋词，谈恋爱的时候，可以说出"山有木兮木有枝，心悦君兮君不知"。有能力了，不危险的情况下练练铁砂掌，练练手劲，写写诗，吹得世间花开流水，千树万树梨花盛开。用诗的斧头，劈开黑夜和白昼，劈开世界的心灵，劈开懵懂的情窦，劈出个矢志不渝、沧海桑田，劈出个天长地久、海枯石烂。

有酒。诗不果腹养心肺，酒不解渴润平生。喝酒可以一个人喝，也可以和三五好友喝，但是好酒最好可以与老友知己发出"晚来天欲雪，能饮一杯无？"的真挚。哪怕一个人喝的时候，也不能"颠覆厥德，荒湛于酒"，喝两口，不贪杯，微醺最好。然后尽管大刀阔斧，巨笔如椽，鬼魅笔触，神道思想，写几首好的诗词，得句胜于好得官。天爱酒，酒星在天，地爱酒，地有酒泉，天地既然都爱酒，喝点小酒有什么的呢？我幸甚至哉，我歌以咏志，我鼓瑟鼓琴，我和乐且湛，我有旨酒，我以宴乐嘉宾之心，我把酒问青天，我管它人生几何呢？

有花。宋元时代焚香、烹茶、插花、挂画，被文人雅士并称为生活四艺。插花用青花、钧窑都好，放在书房、客厅、床头，可以让日常生活多点儿点缀。不如插花起舞，管领风光，把酒留春，莫教花儿笑人。有花就插，有酒就喝，不要"时过花枝空，

在岁月变幻中，偏安一隅，坚持一些无用但美好的事。

人老酒户衰"。焚点好檀香，泡点老熟茶，插点四时花、挂点名人画，壮壮胆子，撑撑底气，装装脸面。

有茶。准备一个茶壶，一个茶盏，一个香炉，一段古琴曲，放下输赢，放下我执，和姑娘对坐，随心随性。王昌龄《闺怨》诗说："闺中少妇不知愁，春日凝妆上翠楼。忽见陌头杨柳色，悔教夫婿觅封侯。"青春没了就没了，再多的功名富贵都无法弥补青春的流逝，不如饭后泡一壶茶，在滚烫的茶水中，感受日子的平静与从容。茶最清香，她最倾城。在茶汤沉浮之间，看世道变幻，看青山不老，看故人依旧。

人生无奈，唯一忍受的方法就是让自己徜徉于生活的美，徜徉于历史的美，徜徉于诗歌的美，徜徉于音乐的美，徜徉于爱情的美，徜徉于无用之事的美。周作人说过："我们于日用必需的东西以外，必须还有一点无用的游戏与享乐，生活才觉得有意思。我们看夕阳，看秋河，看花，听雨，闻香，喝不求解渴的酒，吃不求饱的点心，都是生活上必要的。"在琴棋书画、诗酒花茶等看似无用之事中，看阳光明媚，听鸟鸣婉转，剩下的时间，可以在无尽白昼长夜中，不考虑经济回报，写一部诗集或小说。反正我的准则是用业余爱好的气力和精力，写达到水准的文字，剩下的身前、身后名我就不管了。事实上我也管不了，也不想去管。

人生还长，继续恋爱，继续伤心，继续伤神，继续读书写字饮酒享乐，继续活出自己的颜色。不为无益之事，何以遣此有涯之生？

人为什么要工作

什么是工作？据《说文解字》讲，工，巧饰也；作，起也。合之，工作就是开始干有规矩的活。

现代经济学鼻祖亚当·斯密曾经做了"人性懒惰、报酬至上"的理论假设。正是因为这个假设，人类进入了流水线化的生产，工作变得重复、机械、僵化，每个人的意义被降到了最低。

那人为什么还要工作呢？

这其实是一个"人为什么要做事"的问题。其实人要工作的理由非常多，有人为了糊口，有人为了讨老婆，有人为了实现理想抱负，有人为了获得人生成就，等等。弗洛伊德说过，生命中唯一重要的事情是工作和爱情。为什么这么说呢？因为我们有很多的重要需求，例如价值感、创造力、成就感、被需要、归属感……而工作和爱情就像复合维生素，能让你的需求得到全面的满足。

如果我们不受时间的限制，不受人数的限制，你会得到无数个答案，结果发现人要工作的理由是非常丰富多样的。

第一，解决温饱问题。人活着就要吃饭，吃饭要花钱；想得到钱，就要去付出劳动、去工作。因此，工作对于每个要吃饭的人是必要的。

第二，养成好习惯。工作需要早起，需要准时，需要签到，需要打卡，需要协作，所以不能赖床，不能睡到日上三竿。曾国藩作为"千古第一完人"，一辈子早起，他说："勤字功夫，第一贵早起，第二贵有恒。"所以工作有助于克服人的惰性，养成勤奋的好习惯。

第三，消耗能量。人需要消耗能量，这是人的生理需求。我们常常说"有情人相会，千里变一里"，热恋中的人总是做一些在外人看来目瞪口呆的事情。其实对于工作来说也是如此。迷恋工作，和迷恋有情人一样，能让人消解这无趣无常的世界。

第四，活得更像个人。每天早起上班，男士把自己收拾得西装笔挺，徐徐清风，女士把自己打扮得如《洛神赋》里"云髻峨峨，修眉联娟"般美丽。窗外阳光妩媚，鸟鸣婉转，去大街上吃个热气腾腾的早餐，跟楼下的小猫小狗问声早，和头顶的鸟儿说说昨天的趣事，和眨巴着大眼睛的晶莹露珠道别……生活总是不易的，每日工作可以让我们活得鲜活，活得像个人。

第五，创造社会财富。我们日常的吃喝拉撒，以及这个社会上的高楼大厦，都需要一定的物质去支持。这些物质从哪里来？是人类创造的。只有参加工作，才有可能创造这些物质，为社会"添砖加瓦"，贡献财富。

第六，促进人际关系。虽然独处是门儿手艺，但人类究竟还是群居的动物。不工作的话就有脱离社会的感觉。通过工作可以更好地完善相互之间的联系，才能让自己在良好的社会中生活。

而生活本质上是为了接触你想接触到的人，并通过这些人际关系所产生的社会力量来帮助你发挥自己的潜力，为社会人际关系创造更大的价值。

第七，获得不断的乐趣。工作的意义在于发挥出我们的才能，不断突破更难的任务，获得思维认知的提升，看到更多井底之外的风景，领悟成长的乐趣，使我们得到一种即时满足感，使我们的心情更加愉悦，从而使我们每日的生活更加有意思。

第八，体现人生价值。人必须工作（做事），因为如果不做事，生活便了无价值，就会空虚寂寞冷，就会胡思乱想，就会无中生有，就会无意义。工作最终是为了实现我们人生的理想、追求、目标、欲望以及价值，而金钱、荣誉是我们潜心于工作带来的一部分回报。

梦想很多，诗和远方很美，但都需要经济去支撑，"哲学烤不出面包"[1]。说到底，这个问题说大不大，说小不小，关键在于你的价值取向是什么。

毋庸赘述，自己琢磨。

---

[1] 引自美国实用主义哲学家威廉·詹姆斯的"哲学不能用来烤面包"的观点。

梦想很多,诗和远方很美,但都需要经济去支撑。

活着要有自己的颜色

人生究竟是一根独木桥，还是一条望不到头的长河，我也说不清。只是，我好像从不搭讪，从不问路，从不惹是生非，只是笨拙地走着，走着走着就明白自己想要的东西是什么，想见的人在哪儿，想去的地方在何处。我一直认为，即使年轻时走了弯路，也没什么太要紧，走错路发现世界，走对路发现自己。

其实我本身是天真活泼的，我也愿意傻一点、简单一点、可爱一点，让大家开心轻松一点，没那么的严肃冷清，我也有说不完的琴棋书画、诗酒花茶，说不完的鱼羊野史、古往今来。但大多时候是知音难遇，所以懒得把自己的时间和精力花在展示自己的每一面上，所以一般人只能看到我的某个侧面，不是完整的我。

我从不过分在意别人的或好或坏的评价，也不会因为他人的赞美便得意忘形、顾盼自雄，而忘乎所以，停滞不前。我知道自己的"领奖台"在哪儿，知道自己要去的地方在哪，也知道自己应该站在哪儿。只是在黑夜拉扯双手的时候，沉默地写着，白色的纸张倒映出漫天飞舞的脸，是神，是鬼，是千年的妖。

对我来说，写诗不是炫耀文采，不是为了争名利谋权贵，也不是故弄玄虚，哗众取宠。只是因为诗词可以在光阴流逝、疲倦劳顿中抚慰人心，可以用来救赎、解放、润泽我的心灵。常伴诗歌可以让人纯粹，就如偶赏古玩珍器可以进德，时亲字画典籍可以精艺。

从我笔下流淌出来的诗词句子，它们如茶器、如木雕、如盆景、如印章、如书画，它们含光、精致、温润、古典、静雅，可以让我在粗糙的人世间多一些审美的心灵，让我的生活更有趣味一些，好比经过历史长河洗礼的青铜、古玉、寿山石有它们的颜色，而我将来在岁月的沉淀和诗歌的洗礼下焕发的文雅灵动之气，也便是我的颜色。我写过一首诗，叫《无常》：

灯灭不过一丝烟雾

人死不过一堆黄土

谁在春天里沉睡

谁就是偷盗光阴的贼

双脚沾满泥土

假装是为岁月奔走的车夫

可日渐暗淡的双眼

并未给朦胧的日夜多少指示

那生活的鞭子

将会打在每一个人身上

而我，会在一声声哀号中

重建一座座诗的王国

珠玉文字，绅士情怀。从公元前11世纪开始诞生的《诗经》到现代诗歌，有文字记载的中国诗歌史已经走过3000个年头，不但涌现出屈原、宋玉、曹植、陶渊明、李白、杜甫、苏轼、李清照等古典大诗人，还诞生了闻一多、郭沫若、徐志摩、北岛、顾城、海子、西川等现当代诗人，这些中国的诗人和泰戈尔、普希金、约瑟夫·布罗茨基、维斯瓦娃·辛波丝卡、塞尔维亚·普拉斯、雪莱、叶赛宁等国外诗人都是给我文字影响的诗人。我之前说过，诗就像树木的年轮，经受着岁月的磨砺，生长出清晰的脉络。对我来说，我把诗歌当作生命的回答，当作一种生活方式。然而，比起会写诗读诗，或许诗意地栖居、诗意地生活更重要。人应当像诗人一样永远赤诚天真，永远至善、至美、至纯粹，更重要。

我曾经说要在而立之年前，利用业余时间，完成自己五本诗集，写完之后，大肉、大酒、大睡、大梦、大醒、大肆、大观、大痴、大道、大智若愚，应尽便须尽，无复独多虑，"日日深杯酒满，朝朝小圃花开。自歌自舞自开怀，无拘无束无碍"。①但是，我自己心里明白，这是比写杂文和小说更难的事。

其实诗人海子，我是很喜欢的，但我好像只记得《面朝大

———————————

① 朱敦儒《西江月·日日深杯酒满》。

海，春暖花开》《日记》《以梦为马》三首诗。海子的诗当然是好
的，他是属于"黑夜给了我黑色的眼睛，我却用它寻找光明"[1]的
"一代人"。但是诗人海子讲"面朝大海，春暖花开，从明天起，
做一个幸福的人。劈柴喂马，周游世界"，是不是很浪漫？这是
站在天上讲浪漫。海子养过马、劈过柴吗？我小时候是真真切切
放过牛、背过树、锯过木头、劈过柴，干完活手上磨得全是水
泡，一点都不浪漫。

文人最爱诗与远方，却不知枯燥琐碎和柴米油盐才是生活真
谛。年少时羡慕李白的洒脱大气，后来发现苏轼历经沧桑后的淡
然才是心之所向，身之所往，纵着素履以行之。

当然，我们也可以说这是海子对质朴、单纯、浪漫而自由的
人生境界的向往。我倒希望海子当初能够看得再透一点。

其实，所有的浪漫在变成现实的时候，你都要耐得住它的琐
碎。否则的话，浪漫就烟消云散了。没有生活的琐碎，哪有诗和
远方？

我也希望当我写完该写的，多点真心、慈悲心、怜悯心、平
等心、清净心、利他无我心，少点贪心、妄心、我执心、贡高
心、差别心，乃至烦恼心。有欲而不执着于欲，有求而不拘泥于
求。然后，放下笔，再忙忙我其他的爱好，到了年纪，生一个闺
女，用苏子由《情诗三百首》滋养灌溉，将来初长成，回眸一笑
百媚生。弯弯的眉毛下镶一双多情的双眼，看过月亮，月亮摇摇

---

① 引自顾城《一代人》。

欲坠，看过大海，大海波涛妖娆，看过诗人，诗人飘飘欲仙。女儿也便是我在人间，留下的一抹温柔且深情的颜色。

反正，我敲响了宇宙的大门，耗尽了自己所有的眼泪和真心，抛孤注一掷，倾生命一击，回响如何，听天由命。

当然，看见自己其实很难，我们要读万卷书，行万里路，阅众生相，才可能从看历史、看天地、看日月、看未来，到最后看到自己。如《活着》，生命里难得的温情被一次次死亡撕扯得粉碎后，只剩下一头老牛伴随着老了的福贵在阳光下回忆，看夕阳西下、万物更替。福贵的一生跌宕起伏，在经历了败家、破产、亡亲、去子、失爱这些命运带给他无情的打击之后，晚年只能同一头老牛相伴。他给他的老牛也取名福贵，最后留下他独自一人："我看到广阔的土地祖露着结实的胸膛，那是召唤的姿态，就像女人召唤着她们的儿女，土地召唤着黑夜来临。"活着的意志，是福贵暗淡无光的身上唯一不能被剥夺走的颜色。

活着本身很艰难，延续生命就得艰难地活着，正因为异常艰难，活着才具有深刻的含义，才要活出自己的精神和颜色。没有比活着更美好的事，也没有比活着更艰难的事。

蝴蝶扇动翅膀，扇来紫罗兰的芬芳，野狗在风中嚎叫，燕子写出小楷，乌鸦画出迷茫。我掬一捧春风止渴，在手指的缝隙中，看见石头的信仰。有些人活着，像一只死狗，有些人死了，如一尊活神。

活着不一定要鲜艳，但一定要有自己的颜色。

人人皆可为尧舜

孟老夫子：

　　见信如晤。

　　您近来老是出现在我的视野，所以想给您写封信。我还在地上爬的时候，就知道您母亲给您搬了三次家的故事。孔老夫子是大成至圣，您被称为亚圣，您与孔老夫子，被后人称为"孔孟之道"，这是天下人都认可的事。

　　我是家里的独生子，自从上学后，就跟着爷爷奶奶生活，基本属于散养式。所以，好多道理也基本是自己一个跟头一个跟头栽明白的，好在我人生路上的每个拐点，都能遇到一个或两个引导我的老师，其中也包括您。

　　老师们像迷路时手机里的导航、腿瘸后胳膊下的拐杖一样，总能让我在迷茫、痛苦、疲惫、无助时，撑得再久一点，活得再强悍一点，再清醒一点。我后来做企业做教育，也有自己的情怀所在，也是想解决现在社会的一部分问题，解决儿童的一部分家庭教育问题。我一直给自己的准则是凭自己的双手去做点力所能及的贡献，让这个世界或其他人因为自己的一点付出，更美好一点。您说过，君子处世，本就是要救济天下苍生，不是"修得屠龙术，货与帝王家"去换取自己的荣华富贵。当然我不想做坏人，也不想成为人人顶礼膜拜的好人，不必箪食壶浆以迎王师。

我有时候会想，人和动物的区别是什么呢？

您有一句名言说："人之所以异于禽兽者，几希！"您说人和动物的差别，只有一点点啊！这一点点，就是人的道德。那人性中为什么有道德呢？您说：因为人性本善。

您认为人性中有四种善的根源：恻隐之心、羞恶之心、辞让之心、是非之心。它们分别对应四种非常珍贵的德性：仁、义、礼、智。关于人性善恶的问题，古往今来一直都有争议，您认为性本善，荀子老先生认为性本恶。于是，您高举人性善的旗帜，

终南山古观音禅寺。

主张"王道仁政"思想。我一直记得您说的"王道仁政"思想，您提出了两个方法应对乱世，一方面是施仁政、行王道，不去与别国争霸，重建良好的社会政治秩序；一方面是修身养性，重建良好的道德心灵秩序。您说别行暴虐否则自作孽不可活，别去与各诸侯国争霸，安心把自己的国家治理好，人人满意，上下齐心，国家自然日渐强大，国泰民安。

我总结了一下，如果用当下的话来说就是，国家热爱人民，人民热爱土地，每个人诚心正意，夫妻举案齐眉，相敬如宾，好好过日子，家和万事兴。

儒家的政治观是以民为本，这个观念就是从您这里来的，您说"民为贵，社稷次之，君为轻"。您认为救世先救心，其实类似于现代企业管理，企业就是一个小的社会，管理就是管人心，先有统一的使命、愿景、价值观、企业文化，公司才能从管理层到基层，内外统一，冲锋陷阵，占领市场份额，基业长青。就像您一直坚信人性本善是一个必要的信念，人人皆可成尧舜，只要道德自觉，心灵秩序不错乱，那么整个社会政治秩序也会稳定。

我前段时间读司马光先生的《资治通鉴》，里面提到《中庸》里说："人皆曰予知，驱而纳诸罟擭陷阱之中，而莫之知辟也。人皆曰予知，择乎中庸，而不能期月守也。"人人都觉得自己聪明，鼠目寸光，只顾眼前的争夺，看不到长久之利，但等落入陷阱了还浑然不觉，不知躲闪。就像战国的各君王不懂得走大道，到处找火坑，看到就往里跳，被苏秦、张仪之流玩弄于股掌之上。

大道没人走，都要抄近道，都要另辟蹊径。您跟如今大多数有情怀的创业者一样，是一个理想主义者，但大家都崇尚法家的霸道和富国强兵之术，所以您那时候周游列国，老是处处碰壁，魏王、齐王根本就听不懂您说的话。我也是一个理想主义者，也经常碰壁，所以我很理解您的心情。

在价值观方面，您强调舍生取义："生，亦我所欲也；义，亦我所欲也。二者不可得兼，舍生而取义者也。"您强调要以"礼义"来约束自己的一言一行，不能为优越的物质条件而放弃礼义："万钟则不辨礼义而受之，万钟于我何加焉！"我知道您有句名言："人皆可为尧舜。"您说不是不能，而是大家不愿去做，因为您认为人性是善的，与宇宙相通。

所以，您说只要认识到天命，努力去做良心之事，不断地修习经典，当智慧显现之时，就有可能成为尧、舜那样的圣人。

我曾说明白学问的根本是君子务本，本立而道生。其实就是拿像您这样的圣人留下来的学问和智慧，在人生中去体验、去学习、去运用、去做人做事，以求达于"知命"而"自立"的境界。晚辈一直谨记于心，时常自我勉励。

最后，很高兴能跟您敞开心扉聊聊这些话，我也认为如今的每个人都能树立为善的志向，只要不断修炼自己完善自己，最后都有可能成为贤能的人，成为智慧的人，成为让这个世界美好的人。那您觉得我未来可以吗？

是为浅见，略作分享。

苏子由敬叩

庚子年（2020）盛夏

君子多识前言往行，以畜其德

温国公司马光先生尊鉴：

榜样您好，见信如晤。

这段时间待在家里，我基本上没有读太多小说和文艺类书籍，除了读读您的《资治通鉴》和一些历史，剩下时间就是吃饭、睡觉、干活、发呆、晒太阳。

我也一直都比较喜欢古历史、古文化、古器物，喜欢被岁月洗礼过的旧物、城邦和智慧。细读大著，灿若河汉，拜服之至。

最近，我把中国历史年表手写整理了一遍，从夏、商、东周、西周、秦朝统一，到西汉、东汉、魏蜀吴三国，到西晋、东晋十六国、南北朝、北周，再到隋、唐、五代十国，最后到北宋、南宋、辽、西夏、金、元、明、清。虽然仅仅是很粗略的整理，却着实费了一番功夫，越了解历史，越发现自己的渺小与无知，甚至是人类的渺小与无知，也越佩服您做事的专注用功和做学问的严谨态度。

您在北宋士大夫大多都纳妾蓄妓的富裕生活里，极为罕见地不纳妾、不蓄妓，婚后三十年余，和妻子也没有生育，您在九百多年前就已经冲破传统观念的框架，打算只享受二人世界。您始终坚持"吾心独以俭素为美",始终保持"衣取蔽寒,食取充腹"的生活状态,时常救济生活艰难的穷苦百姓。您在告诫养子和后代继承俭朴家风的家书中的一句名言——"由俭入奢易,由奢入俭难",历经后世千年,在每个中国人的家庭,经久不衰,不绝于耳。

您一辈子为人温良谦恭、刚正不阿、做事严谨、刻苦勤奋,常以"日力不足,继之以夜"自诩;您一辈子粗茶淡饭,不要钱、不要命、不要情趣,用时15年,在66岁的高龄将近400万字的《资治通鉴》全部修完。上起战国初期韩、赵、魏三家分晋,下迄五代末年宋太祖赵匡胤灭后周,1362年的历史,刀光剑影,狼烟滚滚,烽火燎原。

是是非非,号为信史。

在思想上,您主张节流,您的老对手王安石主张开源。你们也总因为彼此政见不同,在一些问题上激烈争辩。您上台后逐渐废除老对手的变法,王安石的心在滴血。再后来,您不问政事,不问家事,您爱您所爱,行您所行,您不分南北,无问西东。可是千年后,世人在脑海中对您的印象和评价就剩下简单的五个字——"司马光砸缸"——在高空盘旋消逝。

后代统治者和管理者对您的这本书评价很高,视作开拓疆土,治国理政的法宝。宋元之际史学家胡三省给您《资治通鉴》的注本应该是比较权威的版本了,他评价说:"为人君而不知《通鉴》,则欲治而不知自治之源,恶乱而不知防乱之术。为人臣而不知《通鉴》,则上无以事君,下无以治民……乃如用兵行师,创法立制，而不知迹古人之所以得，鉴古人之所以失，则求胜而败，图利而害，此必然者也。"当然，我觉得对于普通人来说，一样可以读，一样可以从中找到自己安身立命、经营事业的方向和生存法则。

在读您这本大作的过程中，我又想到大家都会问的一个问题，就是在一个高速发展的互联网信息时代，我们不是应该更多探索科技、智慧生活，展望未来吗？为什么还要去了解距离我们几千年前的历史呢？您在写《资治通鉴》的时候有思考过这样的问题吗？

我想了想，其实也很简单，可能就是门口保安大哥这段时间都会问的那三个深刻的哲学问题：你是谁？你从哪来？你要到哪去？

拿个人来说，我们每个人都是历史的产物，也是未来的参与者，未来想要到哪里去，想成为什么样的人，达到什么样的目标，取决于当下我们如何理解自己，了解自己的性格、优缺点、兴趣爱好，明白自己当下的能力和天花板在哪，才能更好地知道自己去向何方，以及怎样制定未来的人生目标和方向。

拿工作来说，首先要了解自己公司产品的定位和宣传点，追溯产品以及各个迭代版本的功能改进和漏洞修复，思考这过程中逐渐稳定下来的用户和客户是谁，受众群体是谁，才能根据用户属性、地域分布和消费习惯来制定更精准的营销方案、增长策略和市场占有方式，才能更容易获取新用户和老用户复购。就像我看到阏与之战，廉颇都觉得这仗没法打，但赵奢"告之不被，示之不能"，出奇制胜，打赢十万秦军，正如"故知战之地，知战之日，则可千里而会战"。

所以，要了解当代中国为什么是如今这个样子，今天的自己为什么是这个样子，也就要追溯几千年的文明，了解它生长的环境和发展的脉络。

以上是晚辈的简单理解，您觉得我说的对吗？

当然，您写这本《资治通鉴》，也不是让大家求仙问道，不是简单的寻根问祖，不是让我们了解几句往圣的"三人行，必有我师焉""祸兮，福之所倚；福兮，祸之所伏"，或是"穷则独善其身，达则兼济天下"，也不是让我们知道几个八卦，知道司马懿和杨修到底什么关系，司马迁为什么自宫后还能忍辱负重写出《史记》，等等。

本身来说，就是让大家从您笔下历朝历代一个个活生生的人和故事，去明白历史和文化的真正作用，是帮助我们通过过去看到未来，是古为今用，是获得眼界和智慧，是站在更高的地方看清今天的问题，解决今天的局限和难题。

您这本书就是体量足够大的历史大数据，海量的朝代数据规模，丰富的帝王将相模型，足够齐备的往圣绝学虚拟化。"君子多识前言往行以畜其德"，如今拿来溯源求本，用来"畜德"，用来让晚辈们提高自己的智慧和修养，我觉得足够了。

草率书此，祈恕不恭。

苏子由拜上

庚子年（2020）暮春

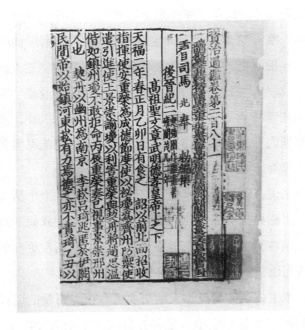

《资治通鉴》二百九十四卷（宋）司马光撰　宋刻本。

何为修行

我之前说过，当今这个时代，是一个居可无竹的时代，是一个不断选择与淘汰的时代，是一个越努力越焦虑的时代。

很多人待在欲海里面不能自已，我们追求更多的身外之物，我们把尘世间所有为我们所使用的物质看得比我们自己重，而把自己看得很轻。

我们曾想过通过自己一个人的努力换来整个家庭的条件变得更好，哪怕是付出青春，甚至是年轻的生命。但是我们却往往会忽略到一个根本的问题就是，没有一个健康的体魄，没有可以面对复杂世界的头脑，以及没有打开智慧、获得智慧，你又如何能承载起你的一切目标、想法、理想、追求呢？

人生无终极意义。是的，但其实我们所有的努力、所有的付出，无非都是为了让我们的生命变得更加美好，让无意义的人生变得有意义。但是我们发现，有时候我们的努力换来的不是我们想象中的美好。有时会带来家人的不理解，甚至是亲朋好友的抛弃，与爱人的背叛。

这是因为我们偏离了大道，所以我们要先正心、诚意、修身。知道什么是心，什么是念，从而明理，明白什么是我们的念，去修正我们的言行举止，修正我们对待事物的认知，从而达到修身。有时，让自己成为一个性情中人，你就有了在悲观世界里乐观前行的动力。《黄帝内经》黄帝问岐伯："上古之人，春秋皆度百岁，而动作不衰；今时之人，年半百而动作皆衰者，时世异耶？人将失之耶？"

古时候的人都可以活到百岁而且行动能力不会衰减，如年轻时一样动作利索，而现在的人年龄不到半百就已经步伐蹒跚，难道人们即将失去这些吗？

答案是否定的。

上古之人，没有什么欲望，凡事刚刚好就行，他们尊崇天地大道，符合阴阳四时，日出而作，日落而息，饮食、睡眠都符合天地自然规律，妄想比较少，也不会过度劳累，以身体健康、生命时间去换取更多的占有。舍余才能会神，所以他们的精神比较充盈，精气比较足，也就是我们现在看到一个人会觉得他很精神。

而今一些人，生活却并非如此。所以修行也是修掉坏习惯，修掉妄想，修掉贪念，修掉执念。让自己更加健康，身心灵合一。

当然，修行也并不是一味地放下工作、背着背包听着音乐去追逐诗与远方。实力可以不硬，骨头一定要硬。如冯唐所说，修行就是要对自己狠，早起习劳，忍饥耐寒，处事时大处着眼、小处着手，准时赴约，不说假话，不说空话，说到做到，打掉牙和血吞，既彪悍凶猛，又安定从容。在与生活的一次次搏斗中，屡战屡败，又屡败屡战。然后回到家，沐浴焚香，照样能琴棋书画诗酒花，吃得下，睡得着，心宽体健，不留内伤。

好了，不再赘述，自己琢磨。

生而为人

"生活总是这么艰辛吗？还仅仅是童年如此？"

"总是如此。"

这是《这个杀手不太冷》中的一句对白，虽然只有短短几句话，却精准地描述了生而为人——生活的不易。所以，有些人非常喜欢说"人间不值得"。我倒经常觉得生活明朗，万物可爱。

我经常说生活是一门哲学，是复杂的学问。有朋友会问哲学的意义到底是什么？

用苏格拉底的话说，哲学的意义是让我们学会如何去面对死亡。在苏格拉底的心中，灵魂也是一种独立和不朽的存在。他在《斐德若》里告诉我们：当灵魂独自存在时，由肉体解放出来，而肉体也由灵魂解放出来的时候，死亡之外还有什么呢？正如加缪在《西西弗斯的神话》里告诉我们的一样，"真正严肃的哲学问题就只有一个，那就是自杀"。同时他认为，"判断人生是否值得一过"就已经是在回答哲学的根本问题。

既然所有的生命都要死亡，那人活着的意义是什么呢？我们现代人的行为与生活方式，究竟为的是什么呢？那如果人生毫无意义，我们应该就地死去吗？

当然，有人会站出来说了，我们是人啊，是人就要吃喝拉撒啊，是人就会有贪嗔痴啊，我也是为了家庭、为了亲人、为了爱人、为了孩子啊，等等。没错，每个人都会找一个目的而活，但如果这一切都不存在呢？活着还有什么意义呢？

这里，我想给大家介绍一个人物，阿尔贝·加缪《西西弗斯的神话》里的西西弗斯。他是希腊神话中的悲剧英雄，因触犯众神而被押回了地狱，等待他的是诸神为他准备的一座高山和一块无比沉重的巨石，他将在这里一遍遍推着巨石上山。但还未到达山顶时，石头每次都会因为自身的重量忽然滚下，就这样永无止境地……西西弗斯的生命就在这无效、无奈又无望的劳作中，慢慢消耗掉。诸神认为世上最严厉的惩罚，莫过于此。

那么，我想问大家一个问题，如果你是西西弗斯，在推石头的时候，你会是一种怎样的心态呢？绝望？痛苦？或是愤怒？

诺贝尔文学奖获得者法国哲学家阿尔贝·加缪，用《西西弗斯的神话》里的"西西弗斯之石"来比喻我们的生活。他说，我们每个生活在世上的人，其实都是被众神惩罚的西西弗斯，我们的生活，就是不断推石头上山，换来的是它重新滚落回原点的过程，就这样一遍又一遍重复着没有意义的劳动。

当把神话拉近现实，我们会发现，现代人就是在做推石上山的动作。我们的生活不过是机械重复的行动，日出日落，上班下班，一年又一年。好像我们的意义感永远是在明天，而不是当下。日子就这样过去了，直到有一天，你猛然发现眼前还有一座更高的山，叫作"死亡"。你就出生在这座山上，你会推着一块名为"生活"的巨石，背着"酸甜苦辣"，一直到生命最后的尽头，告别人世。

最后，推了一辈子，什么也留不下，什么也带不走。于是，就会有一种被称作"荒诞"的感觉，油然而生。你可以把它理解成一种"莫名其妙"，人莫名其妙来到了这个世界之后，又莫名其妙地被逼着做很多不得不做的事，比如被架到山上推石头之类，但这到底有什么意义呢？

其实说到这里，一些人会不出意外地感受到了虚无、沮丧和荒诞。但加缪认为，人首先应当认识荒诞。荒诞感从何而来？当人发出为什么的疑问时，精神探险就开始了。在探险过程中，人给世界赋予了人性，并用人的方式去强行解释世界，所以如果有不可理解的东西突然出现打乱人性时，人会猛地发现，我虽然知道世界是存在的，但我根本无法定义它。

那如果你已经意识到了人生的荒诞，究竟又该要如何面对荒诞呢？这个时候加缪说：确认生命的荒诞绝不是终点，而恰恰是一个新的起点。他否定了上帝与乌托邦，承认人生没有意义，但人也应当活着，不抱希望地直面荒诞。所以加缪重新解释了西西弗斯的故事，他认为西西弗斯是荒诞英雄，因为对方既没有在无尽的苦役下放弃生命，也没有求告诸神，他直面现实的残酷且举起巨石藐视权威。

这里，我再给大家介绍一个人物，余华《活着》里面的福贵。福贵梦想一点点破灭，亲人一个个死去，到最后仅存的孙子也死去，没有财富，没有地位，甚至没有家人，没有朋友，就这样赤条条孑然一身。那福贵还要活着吗？是的，福贵依旧选择活着。最后他依旧赶着老牛，唱着歌。

福贵的人生已经这样悲惨了，为什么还要活着？

因为，福贵的一生诠释的就是活着。福贵的一生纵然悲惨，但具有力量。活着，似乎与生命本身都没有关系。正如余华在《活着》里说的一样："人是为活着本身而活着，而不是为了活着之外的任何事物所活着。"

每个人的身体里都有一股力量，忍耐的力量，忍受的力量。也就是余华所说的，这种力量不来自喊叫、进攻，而是来自"去忍受生命赋予我们的责任，去忍受现实给予我们的幸福和苦难、无聊和平庸"。

道说：天地不仁，以万物为刍狗。其实，世界上有许许多多像福贵一样的人，会面临生活困苦、事业艰辛、屡遭不顺，或者家人尽逝等磨难。大多数普通人，也都会有压抑、焦虑和迷茫，找不到人生的方向，或者尽管艰难地求生，却屡屡被世界背叛。尽管如此，当其可以清醒地认识到，人生无终极意义，这依然是一件大大的好事。正因为人生无终极意义，它才让我们值得一过，因为我们有权利赋予人生一个属于自己的意义，任何意义。

我们说人生有一种苦叫作求不得，不在意的东西就在眼前，想要的却永远得不到，西西弗斯的伟大，福贵的了不起，就在于他们其实跟无意义和解了，跟生活和解了。当人不再追逐终点，沿途就有了风景，所以直面荒诞对神来说是惩罚，但对西西弗斯来说是勇者的反抗。对福贵来说，为活着本身而活着，生活也就回到了生活本身，无关其他。

　　无论遭遇什么，好好活着，用好自己的这具肉身，就是人在一场明知必败的战役中，向自己的精神表达的敬意。我觉得经验哲学家阿奎拉没有说错，我们精神活着的唯一目的就是为了超越精神。

　　之后的日子，我们还是会把所谓的"西西弗斯之石"推上山，会上学、读书、工作、赚钱……这是必须要做的事。但既然一定要推那块混蛋的破石头，那就不如在一切都结束前，找到那个能让你继续坚持下去的理由，用你最喜欢的方式，只属于你自己的方式，把这块石头，再推一次。

　　在这个无穷大的宇宙间，在这个具有万有引力的地球上，你且起舞，你且修身，你且渡人，你且如水，你且去探索追寻，成为真正的自己。艰难困苦，玉汝于成。

文质彬彬，然后君子

文字的美，是像姑娘一样的美，是像光与影一样的美，究竟美在哪，我也说不太清，只是言有尽而意无穷。我拿起笔，看到屋内蓝田日暖，良玉生烟，看见屋外月光缠绵，莺啼夜啭。前半夜，我空手而来，后半夜，我满载而归。

25岁之前，上天选中了我，拎着我的手写了几百首如露如电的诗歌，那我就勤快一点，不辜负他老人家的云霓之望。30岁之后，若他老人家觉得我的天赋耗尽，有如"尔后为诗绝无美句，时人谓之才尽"，那我就算再撅着屁股、瞪着眼睛、大酒三千，可能也写不出宛若游龙、罗袜生尘的诗句，或不再有心境"叹匏瓜之无匹兮，咏牵牛之独处。扬轻袿之猗靡兮，翳修袖以延伫"，那也不必呜呼哀哉，悲兮痛兮。人也不可能总一直那么硬挺，趁着硬挺的时候我大炼仙丹，丹成之后放下我执，且放白鹿青崖间，日子照样过，地球照样转。

我也不觉得有我就多，缺我就少。诗歌也好，古典小说、通俗小说、言情小说也好，哪个不是小众的？哪个不是最终一小部分人才能理解？顾彬说："如果你的读者足够多，证明你不是一个真正的作家。"用心灵和魂魄写作，我手写我心，足够真诚，足够披露，有部分人喜欢，我觉得就好。

有人认为写作就是一件无用的事，是浪费生命、青春年华的颓废行为，是追求失败。其实要分个界限，如果拿冯唐的文学金线来衡量的话，金线以上的职业作家，在线以上就要好好进行专业训练，努力写写像《百年孤独》《霍乱时期的爱情》《罪与罚》《安娜·卡列尼娜》这样的经典好作品、好文字，不断追求失败，把中国文学的水平再拔拔高，拿拿奖。剩下像我们这样的文字爱好者，就在线以下要要，消耗一下青春，能写出好的作品就写，写不出你也不要拿金线以上的标准和眼光来批评，哪怕大部分作品不尽如人意，但是也没准瞎猫撞到死耗子写出点好东西呢？至少给专业作家起到一个衬托与激励的作用，也是好事。当然，专业作家如果写出好的文学作品，那对所有人都是喜悦的事，受益的还是大家。

或许，我们在这个地球生活久了，作为区别动物的一个有思有想的人，被要求的条条框框与束缚也就会越来越高，欲望也会越来越多。我倒不希望自己成仁成德，成为至圣之人，那样太累，我还是喜欢简单、随性一点。有帽子就戴戴，和更高层次的人聊聊天、过过招也是好事，过把瘾了就摘下，不贪恋。没帽子也不死乞白赖地求一顶，寸头就寸头，民谣、吉他就小酒，至少朴实踏实。

我给自己的要求就两点。一是不作恶，在这急功近利且人人趋利避害的社会，做到有所为有所不为，不给别人使绊子。二是有底线，不要求成为道德楷模，但也不为私利而卑躬屈膝走飞黄

事实上，人也跟动物一样，饿了吃饭，渴了喝水，困了睡觉，不必离开本性过分地用文化修饰自己。

腾达之路。其实，全部做到也不容易。

事实上，人也跟动物一样，饿了吃饭，渴了喝水，困了睡觉，不用离开本性过分地用文化修饰自己，或者一定要"乘桴浮于海"，用一大堆的条条框框把自己变成一个道貌岸然的酸文人或书呆子。只要不做小人之儒，不做"驴粪蛋"，不衣冠楚楚但背地里坑、蒙、拐、骗、偷，就是不俗。不俗即仙骨。

有文化的人也可能有粗野的一面，朴实的人也可能有虚浮的时候，需要去平衡和修炼，"质胜文则野，文胜质则史，文质彬彬，然后君子"。晚上跌进浩瀚宇宙，早晨踏进烟火风尘，在一出一入、一进一退中，丰富一下内在美和外在美，或"博学于文"，或"约之以礼"，有内在，有文化，有规矩，有秩序，做到德与位匹配，文与质匹配，静观绿树抽芽，笑看泉水开花。

说到底，我更愿意做一个像一棵树，或者像一束光一样的人，至少可以为需要阴凉与庇护的人提供一个放缓脚步的地方，可以为需要看清前方泥泞与坎坷的人指示一个方向。如果没人需要，我也只是偏安一隅的存在，不打扰任何人。也许被我的文字影响的那一小撮人，会继续温暖其他人，这就够了。

漫天飞雪，寒气逼人，山鸟仓皇归于林。人立于天地间，无奈事儿太多，没什么绝对，也不应该那么多差别心。心里装点小宇宙，但也装点温暖与悲悯，坦然面对这江湖恩怨、欲望妖怪，坦然面对粗茶淡饭白开水、香槟玫瑰葡萄酒，坦然面对小桥流水、千树万树的梨花盛开，以及读不完的书、写不完的字和看不完的人。

第五辑

十二字真言

伤心要趁早，出名不怕晚

无可奈何花落去，似曾相识燕子归来。太阳日复一日地东升西落，岁月年复一年地白驹奔腾。上班、赚钱、读书、写诗、看云、看花、听风、听雨、立业、成家，每一天的太阳都是热情的，每一晚的月亮都是浪漫的，日升月落中，时间消逝，华发染鬓，活着活着就老了……

我好像从小就是个很敏感的人，一言一行，一草一木，一春一秋，一爱一情，很容易就印在心里。敏感的人容易动情，动情的人容易伤心。

我也发现自己越长大，内心深处越柔软，很容易就悲从中来，看月落泪，听雨伤心，眼泪掉地摔八瓣儿。

小时候，我以为跟女孩子牵手和嫁接葡萄树一样，两个人在一起了就长在一起了，永远不会分开。长大后，我以为写诗和电影里的迷魂香一样，可以轻易迷倒姑娘。后来，从不懂得什么是爱到亲身经历过后，尝到心痛的滋味，尝到眼泪的滋味。我吞下一口黑夜，吐出一片黎明，我们穿过宇宙，穿过六道轮回，在熊熊大火中，被烧成灰烬。爱和回忆，被风吹散，残留一地的骄傲、不甘与高贵。

爱情中男人和女人的关系，是这世间最复杂、诡异的一种关系。

男人与女人的关系，说不清，道不明。开一千年花，结一千年果，早一点伤心，早一点站稳，就像有人说爱情就像水痘，越早经历越好，因为晚几年的话它真有可能会要了你的命。

关于读书，大多时候是因为我觉得这本书是我喜欢的，是有意思的，也不刻意去提着脑袋一定要从这本书读出点什么深刻的人生哲理和处世之道。另则，如果我走的路多了，看的众生多了，人生阅历多了，一眼扫过，深刻的智慧自然漂浮海面，我伸手便可及，开心了还可以脱光衣服跳进去来个裸泳。

而且，如果读每本书都老想从字里行间读出点意义，那未免也太无趣了。就像写作，写得出来便写，写不出来就一个字都不写。达到我的基本目标后，接下来，想登山就去登山，想学跳伞就去跳伞，想唱歌就成为一个歌手，不给自己人生设限，不拌蒜加葱，不神头鬼脸。

文字需要孤独，写字人需要边缘化。如果整日生活在云端，体会不到人世间最底层的人性、悲伤和苦痛；如果整日处在喧嚣繁杂处，容易被搅成一团浑水，很难保持清醒和独立；如果年少成名，或者年少多金，被捧得太高，大多数人会因为生活阅历不够，心性磨砺不够，抵抗诱惑的能力不够，而变得膨胀、优越感十足、骄傲、目中无人，跌倒失败的概率相当高，而且一旦跌倒便很难爬起来。别人用了五年、十年走完的路，你不可能一年就走完，纵有天赋与技巧，若不能沉下心打磨沉淀，也必将是自毁前程。出名不怕晚，最起码要懂得谦虚与低调，懂得前进与后退，懂得游走于中心与边缘，懂得收敛起锋芒，诚诚恳恳做人，踏踏实实做事。

到如今，我依然认为自己是有梦想、有信仰的，希望自己和他人都是善良的、纯粹的、诚恳的、磊落的。那么在当下这个时代以及未来的时代里，就还有很多事情要做。比如写出更浪漫的诗歌，更有趣的散文，更能挖掘人性无尽光明和黑暗的小说，去做更干净、纯粹的音乐，拍出更美的照片，开一个有茶有咖啡的图书馆，做一个可以为社会和用户创造更多价值的企业，以及去帮助更多弱小贫困的孩子和家庭。

到如今，我也依然追求爱情，我相信并感恩爱情带来的纯真、浪漫和力量，感恩爱情带给人生的所有美好的东西。我的感恩是很多的，恨总的来说是很少的。我希望能控制自己的情绪，看到可恶之人背后的可怜之处，从而生怜悯心，生同情心。我现在觉得，一个知世故而不世故的人，一个能上当肯吃亏的人，一个有情绪但能控制自己情绪的人，一定不是逆来顺受的笨蛋，没准他是个高人。

有人说，书名带个"怎么"或"怎么了"的，比较受大众欢迎。前者是教你成功，后者是帮你泄愤。所以，如果我将来老了后实在无字可写，后几十年就用前半生的伤心、沉淀和智慧来写几本这样的书，比如《怎么活着》《怎么成为了不起的盖茨比》《怎么活出生命的意义》《怎么踏上未来财富之路》，或者《百年孤独怎么了》《平凡的世界怎么了》《爱你就像爱生命怎么了》《我是你爸爸怎么了》，说不定我死后书还能长期占领畅销书排行榜。

总有人，能走进我们的内心，总有诗，能道出我们的秘密。我常常仰望月亮，思念故乡，也常常魂牵梦萦，落泪千行，这些日常无人知晓。倘若有一天，大海没有信仰，夏天失守，天空破碎，没有岁月可回头，我将披上干净清瘦的月光，拿上一本最爱的诗集，带着春天和香水离开。

临终之前，把这几本书留给孩子，再留给他"伤心要趁早，出名不怕晚"这十个大字，是否能领会和传承，就看他的悟性和造化了。

春节科学相亲指南

春节回家过年对于大部分年轻人来说，既归心似箭又心情复杂。很多人有着对家和父母的想念，同时也有对父母催婚的恐惧，还有一些繁杂的亲戚关系和琐碎小事要面对，回家的路可谓诚惶诚恐。

尤其很多未婚的女孩，父母会列举方圆几公里的同龄已婚人士来跟你明示。所以，春节假期，姑娘们都不得不忙着去相亲，很多人不是在相亲，就是在去相亲的路上。国内的"脱单逃避者"里，只有少部分人真正享受单身状态，崇尚"单身亚文化"。就拿女孩来说，其实很多姑娘也不是"不婚主义者"，只不过因为在以往爱情中，选择的人不对以及一些原因屡屡受到无法抚平的伤害，所以导致不敢或者不想随意托付终身。

我一直认为，人生有两个很重要的选择关乎幸福：一个是你做什么样的工作，另一个是你跟什么样的人在一起生活。

那么，有一些想追求爱情的女性朋友会问，到底什么样的男生是靠谱的呢？如何选择一个靠谱的相亲对象呢？我想到一些标准。

第一，我想到孔子推崇的六艺：礼、乐、射、御、书、数。

礼，懂礼貌有规矩，起码不会乱来，无论带回家还是带出去，既有面子也放心。乐，懂诗歌会音乐能演奏器乐，能给你们日常琐碎的生活带来一些乐趣，让你们两个人的漫长岁月更诗意更浪漫一点。射，现在的时代，会不会射箭可能不是加分项，但有胸肌和腹肌，那么拉弓力度会大一点，可能会让你们的生活更和谐一点。御，如今社会不要求一定会骑马和屈驾马车，但能上路时把车开好，带你出去玩的时候就更安全更稳妥一些。书，能写能码字，有一些思想和独特的见解。数，算得清数，看得懂表格和财报，大概率懂得赚钱。

第二，我想到的标准是：有趣、有才、有情、有义。世界已经很无聊了，有趣是对一个人很高的评价。一个有趣的人，有着有趣的生活方式，有着有趣的三观，在日常劳累之后，还愿意逗你笑，给你们的生活制造乐趣。有才，琴棋书画不一定样样俱会，但哪怕是会用计算机3D建模，或者捏泥人和冰糖葫芦，再或拍照时懂得如何给女生拍出一米八个头般的大长腿，并按照你想要的P图效果高效完成照片后期工作。有情，对你浪漫且专一，懂你冷暖，知你所喜。最后，光明磊落，做事坦荡，懂得同甘共苦，对身边朋友肝胆相照。

按照第一个标准的话，这个男孩在如今算是一个绅士和才子了。这是东周时代衡量男性比较高的标准了，甚至可以做宰相了，放在当下对一个普通人来说，同时把"六艺"都掌握好，找这样一个人做男朋友，说实话要求有点高。第二个标准，我个人觉得在这个走马观花，谈恋爱像买菜的当下，能够做到这四点，已经很难得了。要与一个人长久地生活在一起，当然人品一定是第一位的，不然他再有钱再有才也一定走不远。能做到这四点，就算做不了男朋友，也绝对值得成为一个患难与共的挚友，或是一生的知己。

如果你遇到一个男孩，还算有趣有才有情有义，你也对他有一定好感，那就尽快下手。让他在以后的日子里，沉浸在你无尽的深情里，在深海中沉浮激荡，就此情深不悔。

都市青年健康生活指南

在零点跨年迎新的烟花五光十色地绽放在天空时，看看墙上的时钟，我在夜晚漂浮着，说不清头和脚的关系，道不明时间和世界的秘密。

我摸摸自己的小心脏，还在活蹦乱跳，知道又多活了一年，人生又赚了，不禁欢喜。过去的这一年对我来说，是五味杂陈的一年，是月亮和六便士的一年，是没有怨天不宜而自怨自艾的一年，是光阴流逝抚慰人心的一年，是喧闹中寻得深沉快乐的一年，是文字求真、探索无尽光明与黑暗的一年，是看到世界真相而更加热爱生活的一年，是知晓如何对抗华发染鬓、青春渐失的一年。

我每次傍晚回家，会站在天桥上，发发呆，看看川流不息的街道，黑夜吞噬繁华。

这一年，对我影响深远，让我明白了很多人与事，我们所谓的幸福和快乐，其实都藏在最平凡但又简单、细小的生活中。"回首向来萧瑟处，归去，也无风雨也无晴。"过去的已过去，新来的已到来，不必去假装自己熟读四书五经，学识渊博，高人一等；不必去人迹罕至处假装内心迷茫，寻找诗和远方；不必去刻意扮丑相，矫揉造作博美人一笑；不必去低头哈腰，巴结奉承豪商巨贾；不必去结交狐朋狗友，推杯换盏把牛吹上天……不做神仙不为官，只把孤独换酒钱。

新的一年伊始，有一些心得体悟和好的习惯分享给大家。

第一，热爱生活，好好吃饭，好好睡觉，适当锻炼。我一直觉得这是很重要的一点。保持对生活和这个世界的好奇心，始终相信会有美好的事情发生，就不至于悲观和消极厌世。就算做不到热爱世界，起码也做到热爱美景，热爱美食，热爱美男或美女。尽管当下社会，大部分年轻人连"好好吃饭，好好睡觉"这简单的一点都做不到，但还是尽量做到早睡早起，适当锻炼身体，身心健康，吃嘛嘛香，只要身体好，扇子舞到老。

第二，多读书，读好书。书中没有黄金屋，书中没有颜如玉，书中有的是独特看待这个世界的角度和思想。读书也无须沐浴更衣和烧香磕头那些复杂的手续，只需买几十本经典，每天睡前静下心来读几页。不必每个人都要读《史记》《资治通鉴》《世说新语》，至少也要选一些必看的经典著作，哪怕从《唐诗三百首》《诗经》中挑选几首诗背一背。有时候书中某句话或许就能改变我们固有的思维方式，甚至是改变我们的一生。比如我看维克多·弗兰克尔的一本书，整本书反复提到尼采的一句话：知道为什么而活的人，便能生存。仅仅13个字，至今给我无穷力量。多读点书，说不定过几年就"腹有诗书气自华"呢？

第三，享受孤独，享受寂寞。不要因为孤独和寂寞而去谈恋爱，因为孤独是人生必经之路，别因此将就取暖。陶渊明说过：

"盛年不重来，一日难再晨。"珍惜一个人独处的时间，多把时间放在提升自己上，文字和书籍可能是对抗恐惧最有力量的武器，想到那些或优美或睿智的诗歌和文字，就仿佛坐在山顶泡了一杯清茶，在胸膛长出一棵千年古树，在树下打个盹儿，睡一觉起来，接着活下去。

第四，承认自己是个凡人。接受自己的平凡，不是意味着让自己变得平庸。我们害怕自己一生碌碌无为，平淡无奇，但也不意味着因此就要急功近利、投机取巧走捷径。《悟空传》里说，每个人出生的时候，都以为这天地都是为他一个人而存在的，当他发现自己错的时候，他便开始长大。这个世界，90%都是平凡普通的人，只要我们在自己要走的路上，在自己力所能及的范围内，追求更好的自己，剩下的就交给时间吧。披荆斩棘、乘风破浪是人生，晚风吹拂、花开四野也是人生。

第五，不要克制自己生命的欲望。生命是夕阳衬落日，青松立峭壁，万里平沙落秋雁，三月阳春和白雪，是宝刀快马，金貂美酒，是孤月冷歌的漂泊。对于成年人来说，生命是天气，可以在一小时内狂暴又平静，为了生活和生命的延续，必须参加斗争。不要年纪轻轻无所事事，假装无欲无求，无论是金钱、权力、美色、荣誉，都是人类的基本欲望，正因为有欲望，人类才奋发向上，因为有欲望，才知道自己该往哪里努力。

第六，有一定的原则，守一定的规矩。莫揭他人短，莫碰别家财，莫论人是非。有一定底线，同时也不侵犯他人的底线。明知飞黄腾达之路，通晓金玉酒肉之方，也不卑躬屈膝。要固守节操，诚实做人，童叟无欺，做中华脊梁好儿郎。

第七，培养一两个兴趣爱好。哲学家萨特提到过"恶心"这个词，是因为孤立来看生命本身是无意义，充满各种偶然性。我们自诞生便被嵌入整个社会生活，并非有明确的目的与意义，而更多是被自己未知的人生驱动，是一片茫然的状态。所以，不如把用在手机上的时间拿出一部分，找点意义，培养几个爱好，比如看书、写字、跑步、唱歌、养花，哪怕是捏泥人、晒太阳。

第八，做一个有趣的人。我觉得说一个人有趣，是极高的评价。保持一颗童心是做一个有趣的人的开始，知世故而不世故，就是善良到可爱，保持好奇心和发现。山知不知道云的心事？树知不知道风的追求？蚂蚁有没有悲欢离合？寂寞不分贵贱，悲伤不分大小，那人类可不可以和蚂蚁做朋友？

第九，己所不欲，勿施于人。我们说己所不欲，不要随便施于人，己所欲，也要经过别人的同意再施于人。这也是一个人极致的善良。另外，很重要的一点，不给别人添麻烦，不把自己的思维和生活方式强加给别人。人不能霸道，霸道无友，心不能自私，自私则困。

第十，把时间"浪费"在美好的事物上。焦虑是常态，但不要放大焦虑，踏实做好当下每一件事，不一定每一件事都要考虑时间回报比，要把宝贵的时间花在浪漫美好的事情上。什么是浪漫美好？是流水绕云，诗酒入风；是万年太久，只争朝夕；是把时间"浪费"在美好的事物上；是自在飞花轻自梦；是金风玉露一相逢。

第十一，求人不如求己，求己不如求心。心，应该是一池清水。心水清澈了，山鸟花树映在水面上才是美丽的。那样，日日是好日，夜夜是清宵，处处是福地，法法是善法，就没有什么可迷惑、污浊我们的了。

第十二，谨慎交友，把圈子变小。三两知己，素而温暖。朋友贵精不贵多，多和有趣、能带来幸福感的人做朋友。自是梧桐必引凤凰，自是杨柳必招春风。友谊这个东西已经被世人捧得太高，总有人来，总有人走，也总有人懂你的故事，来陪你走接下来或短或长的一段。所以，不用太念念不忘，也不用太期待回响，我们要从同路者中寻找同伴，而非硬拽着旧人一起上路。

第十三，众生皆苦，唯有自渡。心知何如，有似万丈迷津，遥亘千里，其中并无舟子可渡人。命运不渡，天地不渡，江河不渡，除了自渡，他人却也爱莫能助。从一些小事情中找到确幸，诸如珍惜时间，思念母亲，静悄悄地做人，像早晨一样清白。可以让你度过这漫长的岁月与时间洪流。

第十四，勿以恶小而为之。作为一个成年人，学会约束自己，不要去做伤害他人的事，小到破坏公共设施和自然环境，小到暗地破坏同事关系和公司名誉，小到让一个柔弱似水的女孩子彻夜伤心流眼泪。

这姹嫣尘世，花街柳巷，惊雷花火，"一念愚即般若绝，一念智即般若生"。愿你我都平安健康，诸事欢喜，看清生与死，摩挲爱与恋，如法地生活。

笑着看清生活

　　偶然看到一则电影简介：三个自由浪漫的年轻人，过着各怀心思的人生——有人急着摆脱单身，有人想在结婚前放荡一番，有人想在大城市站稳脚跟。因为一次情感出轨，三人扭结成了一团"嬉笑怒骂"的乱麻。当各种价值观碰撞在一起，当一个人需要平衡亲情、友情与爱情……他们慌乱的生活，就像是半个喜剧。

　　不禁好奇，一半是喜剧，剩下一半是？于是我走进了影院。

　　这个场次的人不是很多，我一个人单独坐在六排，前后排应该都有观众，谁知道呢。其实，这也不是我第一次自己去看电影，我享受一个人看电影的状态。其实，有些事情，比如读书，写字，发呆，去图书馆、博物馆、古玩城，一个人做也有一个人的乐趣。

　　电影的故事其实很简单，用一位北漂小人物在生活与爱情面前的左冲右突，包括几个年轻人在亲情、友情和爱情上的选择，以及他们价值观的互相撕扯，折射而出的是一出贴近社会现实的悲喜剧。整场电影，没有风花雪月的浪漫爱情，没有黑马逆袭的励志故事，也没有两肋插刀的肝胆相照，有的只是一些生活中特别真实的"小事"，是我们每个人看了都能感同身受的"小事"。比如，北漂青年打拼的辛酸和无奈，大龄青年相亲的奇葩趣事，职场中的巴结与势利，贫富家庭的差距与对比，爱情与现实的权衡与选择，等等。这种现实的共振，太贴近我们大多数年轻人的家庭、生活、工作、情感，就像倒了一杯威士忌，一个人静静坐着，听身边的朋友倾诉往日的故事。

在这场以爱为燃点的喜剧背后，我满怀好奇地看到了半个喜剧剩下的一半是什么。

一是荒诞。与女友的婚期只剩一个月的富二代花心公子，依然可以联系初恋，依然可以在联系初恋的前一天晚上，再见另一个女生。不断"错位"的戏码，不断的误会，不断随着婚前劈腿带来的"误以为"而制造出各种荒诞趣事，不断为了"圆谎"而各种焦头烂额、窘态百出。这是现实生活中可以发生在很多人身上的事。

二是现实。一无所有的人，拿什么追求理想和爱情？太多人，有主见，有才华，有生猛，有欲望，有梦想，但是年龄当头，恋爱永远只停留在暗恋，喜欢也没勇气表白。前方是看不到头的座座大山和漫漫长夜，背后是拿着擀面杖强势传统的催婚老妈。

三是寓言。多少大龄的姑娘，自强独立，拥有高薪职业，财务自由，仍然会被老妈一个劲地催婚，在各种相亲安排中不堪其扰。一些姑娘，性格倔强，不肯向现实妥协，可以为了原则问题怒怼领导，也可以放下身段和没钱没势但喜欢的男孩交往。一些姑娘，不嫌贫爱富，为人耿直，在她们的世界里，没有潜规则或者谎言，她们也从不愿意让自己屈服于任何所谓的"规则"。但是精神独立的人，很容易在爱情这条路走得艰难。她们也代表着我们身边那些真正渴望爱情，渴望遇到自己的真爱，不愿随意将就，勇敢拒绝七大姑八大姨安排的相亲，希望活出自我的姑娘。她们像蜗牛，用脆弱的壳把自己最柔软的部分包裹起来。

我走在黑夜里，走在车水马龙中，走在凉风中，像踩在北京后海的冰上，倒映出以前在北京的日子。想起那些年在北京这个偌大的城市，一直坚持"做自己，不世故"，不屈服于所谓的规则，才能在今天不被环境同化和洪流裹挟。

其实，不管是对谁来说，生活从来都不简单，而重要的是面对艰难的生活，我们应该做出怎样的选择。这让我想起日本作家白石一文的小说集《爱是谎言》的主题——忠实地爱下去，还是老实地活下去？

忠实地爱，就是揭穿谎言，抖落自己生活里的杂芜；老实地活，就是继续在谎言大厦奔走，撅着屁股当螺丝钉，站好一班又一班岗。

如今，在各种"成功传说"的冲击下，年轻人们觉得自己30岁没结婚、没买房就是失败人生。里尔克在《给青年诗人的信》里面揭示了这种困境，人在遇见了艰难，遇见了恐怖，遇见了严重的事物而无法应付时，便会躲在习俗的下边去寻求它的庇护。它成了人们的避难所，却不是安身立命的地方。该怎么办呢？里尔克的建议是，谁若是要真实地生活，谁就必须脱离开现成的习俗，自己独立成为一个生存者。

这个世界，有些人出生在罗马，有些人出生在水深火热中，就像有些花开在山顶，有些花从未开过。

可山巅之上，和山巅脚下的人，同样要孤独，同样要死去，同样游荡在午夜里，无助彷徨。只是，同样的土地，埋葬不同的人，同样在离开世界后，只有夜莺的啼哭做伴……

于是，推开世界的门，继续认真，默然，相爱，寂静，欢喜……

君子九思

身处在这个嘈杂的社会，为人处世就跟喝酒一样，总是需要节制一点，收敛一点，低调一点，微醺的状态最好，大醉的话虽然很畅快很爽，但容易让自己伤身、伤肝、伤心，也容易伤人，惹来横祸。

人跟动物还是有区别的。虽然新时代的我们也讲自由、开放，但身体的自由，需要自律作为前提，灵魂的自由，需要独立思考作为前提。我想到孔老夫子说的君子九思：视思明，听思聪，色思温，貌思恭，言思忠，事思敬，疑思问，忿思难，见得思义。这提醒我们为人处世，要时刻注意自己的言行。

以下是我个人对"九思"的一些理解。

视思明，眼看，要用心看得透彻。分得清是非，辨得明真假，不指鹿为马，不瞎猫笑狗，不阳奉阴违，也不要为了一时利益而歪曲事实，去放弃自我原则和底线，看得明白，做得合理，做得正确，知世故而不世故。

听思聪，耳听，要用心听得清楚。人多嘴杂，学会倾听，不要听风就是雨，不要人云亦云，猴头猴脑，举世浑浊。思考问题要通达周全，逆耳之言可以省思，远方之言可以攻错。朝闻道，夕可死，为追求真理践行而死。

色思温，脸色，要用心做到温和。遇人遇事脸色和善，处变不惊，淡定从容一点，潇洒恣意一点，不要总是牛气哄哄，拒人于千里之外，当然也不是逢迎谄媚，净说漂亮话儿。曾子曰：正颜色，斯近信矣。端正自己的脸色，就容易使人信服。言语温润，像暖宝宝一样，温温的，暖暖的，很贴心。

貌思恭，仪态，要用心做到恭敬。无论达官贵人、豪商富贾、和尚乞丐，贵贱之心少点，学会尊敬。男性出去谈合作时，至少刮刮胡子，剪剪鼻毛，不要让秋裤裹住衬衣；女性出门的时候，至少化个简单的淡妆，让自己看起来精神点，对人都是一种尊重。"恭作肃，从作乂，明作哲，聪作谋，睿作圣"，容貌庄重一点，做事有仪式感一点，做人真诚一点，谦卑一点，合作和做事情更容易一点。

言思忠，说话，要用心做到诚恳。首先要做到的是忠于自己，不违背良心，不做缺德事。"君子坦荡荡，小人长戚戚"，手写我心，言随我心，少点欲念，少点负担。韩康采药三十余年不说谎话不欺人，就凭这一点他的大名便被写入了《后汉书》的《逸民列传》。言论正当，问心无愧，言行一致，才能不忧、不惑、不惧。

事思敬，干事，要用心做到敬业。事分大小，也有轻重缓急，但无贵贱，选择一份工作或者一个行业，怀有一颗敬畏之心，能把屁股踏实放在冷板凳上去专注研究，然后尽人事听天命。子夏说："君子敬而无失，与人恭而有礼，四海之内皆兄弟也。"做事严肃认真，能少犯些错误，做个靠谱的人，多给自己增添点信用值。

疑思问，遇到疑难问题要用心向别人请教。有疑惑就问，有难题就问，问问问，问到时光失语，问到菩萨失意。苏格拉底说人类最高级的智慧就是向自己或向别人提问，所以虚心请教，不分长者，不分辈分，大家都是吃大米饭长大的，谁活着能没有疑惑呢？学问博广浩瀚，不是人人都学富五车，知之为知之，不知为不知，不知就问，何耻之有？爱情是永恒的吗？单身真的是春天的种子充满希望吗？大家都说生命是一段旅程，可这段旅程通往哪里？怎样平衡快乐与悲伤？生活太累，如何轻松？

忿思难，气愤怨恨时要用心考虑可能的后患。少点冲动、随意、马虎、草率、暴躁，三思而后行，退一步海阔天空。发怒的时候想想最坏的结果，不要被情绪带着走，适当克制一点，理智一点。

见得思义，看到有利可得要用心想想是否合适，是否合乎道义。钱财，虽然都是人们想要得到的，但还是要取之于义，取之有道。

一分耕耘，一分收获，种出一枚水中月，摘下一朵镜中花，谁修谁得，不修不得。清代学者刘宝楠由此说："君子严于所思，而约之有此九端，盖凡言行，莫能外矣。"当然，君子九思只是给我们的一把标尺，让我们做事情时学会多思考一点。每天自省反思一下：给别人办事是否当成自己的事尽心尽力了？与朋友交往是否真诚以待，言而有信了？读书写字、做人做事是否做到知行合一了？既谈清修也爱风月，当然修身也是一辈子的事，要慢慢来。

　　如果有一天，能够抵抗外界的绝大部分诱惑，以及内心的妄念欲望，那么就可以做到境随心转，"拈花一笑万山横"。仰不愧于天，俯不怍于人。可以看见宽恕，可以看见救赎，不再走投无路，也是一种境界。

给单身姑娘的十句话

如今，不愿意恋爱的男女青年越来越多，不愿意结婚的男女青年越来越多。男性越来越喜欢比自己年轻的女性，更注重视觉和肉体愉悦，而不是心灵相通两心相印；加上部分女青年不愿向现实妥协，依然奋力追求自己的理想和爱情，是故单身待嫁女青年越来越多。

我总结了十句话，分享给各位姑娘，受不受用看个人情况了。

第一，享受读书。从书中看看世界，看看自己，摆脱一些感性的烦恼，从书中的大智慧和小世界里找到个人情感的满足和寄托。读读《简·爱》《美学散步》《安娜·卡列尼娜》，读读《李清照诗词评注》《围城》，读读张爱玲的《倾城之恋》《金锁记》《半生缘》《红玫瑰与白玫瑰》，读读林清玄、汪曾祺。从内而外地提升自己，再从外而内地取悦自己，读出蕴藏在自己心中的自信与坚强，你的生活的底色就不会那么地单薄。虽然女子本弱，但只要积累得够深，在如今女性崛起的社会，同样可以撑起半边天，看晚霞散漫千里，看云聚云又散，"减一分太短，增一分太长。不朱面若花，不粉肌如霜。色为天下艳，心乃女中郎"。你要明白，有趣、灵动、智慧和你的口红、眼线、眉笔相比，同样很重要。同时你也要相信，那个他会更喜欢卸掉口红，蜷在沙发里优雅自然地捧着书籍看得专注迷人的你。

第二，身体健康，适当锻炼。跑步、瑜伽、HIIT、游泳、舞蹈任意一项或几项运动都可以，常运动能让你有积极自信的心态、阳光的气质、婀娜的曲线、性感的身姿，能让你即使30岁看起来也像20岁，能让你走在街上可以随意勾勾小男生的魂儿。同时，也可以和任何一个想拍拖的帅气小男生来个甜甜的姐弟恋。秀靥艳比花娇，玉颜艳堪春红。你就这样自律一点，简单一点，可爱一点，风姿绰约一点，小男生爱你更多一点。

第三，经济独立。不必赚得盆满钵满，但至少可以自己买自己喜欢的口红，自己买自己喜欢的碎花长裙，满足得了自己吃喝玩乐的爱好，养得起自己爱吃的胃、爱玩儿的心、爱买的习惯。遇到喜欢的男生，可以光明正大勇敢地爱，不用在乎对方的经济实力，不用关心今天的娱乐新闻，不用惦记明日的股市涨跌，只管花下销魂，月下销魂。不期待别人，不依附别人，靠自己的能力过上理想生活，和想爱的人坦荡去爱，不因为穷而不敢分手或者离婚。只要你有这样的底气和资本，你将会赢得未来另一半及任何人的尊重。

第四，通情达理，学会沟通。如果恋爱了，不要因为对方宠你爱你包容你呵护你，你就认为自己没有缺点完美无瑕，该改的还是要悄悄改，为对方变好一点，也对得起别人毫无理由的偏袒和爱。只要他真心爱你，就好好过日子，别拿"爱你才会跟你发

鲜花绽放为你做王冠，万物生长从你诞生。

脾气"这样荒唐的理由，去暴露自己的自私和愚蠢。

第五，享受单身。不要因为自己单身就到处暧昧，不要因为自己单身就委曲求全，不要因为自己单身就妄自菲薄。学会利用最好的升值期，享受所有一个人的时光。等你遇到自己的白马王子时，你就是他城堡里的王妃，是他的眼睛。鲜花绽放为你做王冠，万物生长从你诞生。你是上天派来的月亮女神，是他的掌上明珠，是他的特别关注。

第六，培养几个爱好。比如泡普洱熟茶或玫瑰花茶，比如弹古筝古琴，比如写字插花，又比如牵着小男生的手逛逛寺庙许个不着边际的愿望，再比如喜欢背唐诗宋词现代诗，哪怕是懂得星座，爱好赏月。这样，高兴了可以给对方背一首苏子由的《床前明月光》："月光洒在床前，我们是红尘，我们是思念，我们是柔软，我们是人间。"伤心苦闷了可以给对方背一首李清照的《如梦令·昨夜雨疏风骤》："昨夜雨疏风骤，浓睡不消残酒。试问卷帘人，却道海棠依旧。知否，知否，应是绿肥红瘦。"消磨无数的漫漫长夜和这无聊、无常的世界。

第七，耐住寂寞。不要因为寂寞就随便和人发生关系，克制自己的欲望，善待自己的肉身，先爱自己，而后爱人。孤独是一种状态，寂寞是一种心境。偶尔对着镜子问问自己：假如世界上没有我，别人该怎么活着呢？如果有来生，我希望自己别再那么漂亮可爱了。你就能忍受一个人孤独寂寞的长夜。

第八，生活有些仪式感。不要因为一个人久了，就把生活过得随意，随意的生活久了会让人觉得人生无趣。一个人的生活，也不必为花而喜、为花而悲、为花而醉、为花而嗔，也不必伤春惜春，以花自喻，慨叹自己的青春易逝。养成仪式感，每周给自己买束花，定期出去旅游。节日的时候，送自己一个小礼物。制定些小目标，生活才会五光十色，人生才有盼头。人生苦短，及时性感，嫁不嫁人不重要，过得精彩才重要。

第九，远离油腻猥琐男人。如今一大堆中年男人虎视眈眈盯着二十多的年轻姑娘，稍不留意你就掉进他们的圈套。嫁什么样儿的不重要，一定是看着想着吻着不恶心才重要，一定是真心爱你才重要，一定是前半生能陪你流浪而后半生能为你煲汤才重要。

第十，永远不要为难自己。比如以泪洗面、怨声载道，比如不睡觉、不吃饭，比如自闭、抑郁，这些做法都比较傻瓜，你要相信时间，相信太阳，好好爱自己。生活既要"面朝大海，春暖花开"，也要"关心粮食和蔬菜"。如果真的不想找对象或嫁人了，也不必难受，什么时候想谈了想嫁了再做打算。只需明白，关于爱情，宁缺毋滥的好，它毕竟不是生活的全部；关于结婚，真心相爱的好，毕竟那是偕老的约定；关于男女，简单真诚的好，毕竟日子终究静水长流，回归朴素。

此上为十条真心话。

最后，趁着年轻，没有柴米油盐的拖累，一个人风花雪月、优雅美丽、自由自在。就算往后孤身，大不了和一群闺蜜，自恋妖娆，蝶乱蜂狂，貂裘换酒，浪荡余生，无可无不可。只要你身体健康，经济独立，思想独立，风韵犹存，你依然能吸引大批异性的目光，"朱粉不深匀，闲花淡淡香。细看诸处好，人人道，柳腰身。"最终，你会发现，你在这世间生活得异彩纷呈，你会感叹你就是上天对于尘世的厚赠。

　　苍山如海，残阳如血，袅娜少女羞，岁月无忧愁。

十二字真言

最近在家待久了，就容易胡思乱想，想起小时候，想起曾经的后悔事，想起天空、大地、山川、宇宙、星河、诗歌、历史等。

我从很小的时候，就觉得人生在世，大丈夫行走江湖，得有一句响亮的口号或座右铭。背一句诗，抄一段句子，摘几个字，遇到困难或困惑时，叉着腰喊出来，能给自己增添一些无形的力量。

我躺在床上，隐约能想起以前自己的一些座右铭。

小学时，是教室墙上鲁迅先生的"横眉冷对千夫指，俯首甘为孺子牛"。那时候，鲁迅先生的乐观精神和抗争到底的决心给我影响很大。他对敌人毫不妥协，对人民鞠躬尽瘁，他以笔代戈，奋笔疾书，战斗一生，被誉为"民族魂"。在那个年代，我觉得这是一个顶天立地的男子汉最基本的品德。初中时，因为喜欢科比·布莱恩特，那句"你见过凌晨四点的洛杉矶吗？"成为我勤奋的动力。那时候，我坚信勤能补拙，坚信勤能立业，坚信勤则不匮，坚信勤以立身，故而"厚积薄发，天道酬勤"成为我的座右铭。上高中后，学习负担重了，也被老师寄予厚望，那时候我一直坚信的是"天将降大任于斯人也，必先苦其心志，劳其筋骨，饿其体肤，空乏其身，行拂乱其所为"，这让我在高中繁重的学业中，忍了很多不能忍之事，吃了很多不能吃之苦。到了大学，想着终于没有束缚了，要好好"放纵"，"人生苦短，及时性感"就成了我的人生追求。于是，我热爱山川花朵，热爱月亮星河，热爱漂亮姑娘，热爱放声高歌。大学后两年，移动互联网兴起，乔布斯的"Stay Hungry，Stay Foolish"（求知若饥，虚心若愚）成为我的座右铭。我求知若渴，我虚心若愚，我如切如磋，我如琢如磨，我读《从0到1》，读《商业的本质》，读《查理芒格的智慧》，读《人性的弱点》，读《穷查理宝典》，我乘风破浪会有时，我直挂云帆济沧海，我认为偏执狂可以改变世界。

再后来，我的座右铭一直是"自律、慎独"。以前，向往自由，缺乏耐性，无论做什么事，总想立即看到结果。后来经历多了，开始相信没有懒洋洋的自由，没有天上掉馅饼的灵感和坐等的成就，开始相信一万小时定律。年纪越大，越会去佩服自制力特别强的人，渐渐地不会再那么佩服天才。

"慎独"，出自秦汉之际儒家著作《礼记·中庸》一书："君子戒慎乎其所不睹，恐惧乎其所不闻。莫见乎隐，莫显乎微，故君子慎其独也。"意思是说，最隐蔽的东西最能体现一个人的品质，最微小的东西最能看出一个人的灵魂，有道德的人在独处时，也不会做任何不道德的事。通俗一点就是谨慎独处，在没有别人在场和监督的时候，也能够严格要求自己，不做违背道德的事，不做违纪违法的事，不做违背良心的事。犹如春秋时鲁人

"柳下惠坐怀不乱"，东汉时杨震的"四知"箴言"天知、地知、你知、我知"，三国时刘备的"勿以恶小而为之，勿以善小而不为"，元代时许衡不食无主之梨的"梨虽无主，我心有主"，清代林则徐的"海纳百川，有容乃大；壁立千仞，无欲则刚"。再通俗一点说就是：我看见你身穿白色罗裙躺在草地上，双眼紧闭，周围花瓣粉红，我也绝不会像尹志平对小龙女那般龌龊卑鄙。此刻，我坐怀不乱，翩翩年少，我君子爱人，取之有道。

这大概就是孟子所说的"君子慎独"。

这么多年，座右铭换了又换，如今，我站在十字路口，为之四顾，为之踌躇满志。我开始明白，世界上每件事都自有定数，比如春去秋来，比如相逢归去，比如花开花落，比如天灾人祸。岁月如水，滴不穿茫茫的黑夜。诸事无常，无常是常。

所以，我写给自己十二字真言：自律一点，简单一点，可爱一点。

人活天地间，不如意事太多了，无可奈何事太多了，我们有我们的计划，世界另有计划，既然追不上世界的步伐，不如走好自己的路，把握好自己的节奏，规律好自己的日常，傻一点，简单乐观一点，慈悲一点，生活会更美好一点。苏子由有诗《慈悲》为证：

我不要陷入云雾缥缈的虚幻

为生离死别日夜哀号

那佝偻的群山

才没有我的秘密和故事

不如说阳光供奉的庙宇
是我灵魂的栖息地
钟声每多敲一下
我就多活一世

每个从这里路过和烧香作揖的人们
我会用佛的慈悲
为他们升起一轮崭新的明月
和一盏可以亮在绝望中的灯

我告诉自己，当你做完自己的努力，还陷入生活的痛苦和泥沼里时，就面向苍天，脚踩大地，睁大眼睛，双手叉腰，对着天空虔诚地喊出十二字真言："自律一点，简单一点，可爱一点。"

我与魔鬼赛跑，我与日月同辉。

未能事人，焉能事鬼

我们的人生是一部长篇小说吗？是一个个短篇故事吗？还是一部没有章法的随笔杂文集呢？

阴雨绵绵的天气，容易让人慵懒，遐想，贪欢。本想终于迎来了炎炎夏日后的一丝秋高气爽，近来却又高温回升，令人酷热难耐。天气一热，人心难免会燥热。于是乎，当晨起时，跑步时，阅读时，泡茶时，静思时，回顾自己的一言一行，也会发现，有时内心燥热如发春的猫，思考问题时，做很多事情时，就可能浮于表面、抓耳挠腮，未进行细致周全的考量。

生活总是匆忙的、慌张的、焦急的，大家急急忙忙，走在各自的路上，忙着生，忙着死。于是，一些人渴望找到捷径，快速弯道超车，但年轻和幼稚都会造成同样的弱点，即缺乏耐性。所以，一些人无论做什么事，都想马上看到结果。

我想起《论语》里季路问事鬼神，子曰："未能事人，焉能事鬼？"曰："敢问死。"曰："未知生，焉知死？"于是，我也告诫自己，认真吃饭，踏实生活，翩跹写字，勤恳做人。先把自己的事儿做好了，剩下的交给外界和时间。内外兼修，择善而从，往大处着眼，枯石朽木能入药，破铜烂铁能成钢。

每个人的生命中，都有无比艰难的那一年，人总要有些什么支撑来渡化自己。

　　从书架上抽出《岛上书店》，封面上印着"没有谁是一座孤岛"几个字，这也是艾莉丝岛上维多利亚风格小书店的门廊上褪色招牌上的一句话。这本书是好多年前看的了。最近几天看完一本杂志，在书架上寻找下一本目标时，它才得以从拥挤的书群中抽身。虽然封皮上"横扫30国的重磅情感大书""30国读者含泪推荐""阅读桂冠""席卷《出版人周刊》《纽约时报》各大榜单"等宣传语赫然入眼，但真正吸引我拿起它的是封皮底部的这句话：每个人的生命中，都有最艰难的那一年，将人生变得美好而辽阔。

　　或许，是因为自己认为现在处于艰难时刻，也或许是因为自己正走在变得美好而辽阔的路上，又或许是我最近脑子里又冒出开家咖啡书店的想法。总之，我又读了它。突然想起来《阿甘正传》，有时在迷茫时，会思考生活是什么，人生是什么之类的问题。阿甘会去接受上天给的一切，你给他什么，他就面对什么，所以根本不存在对生活的选择，和对未来的迟疑，对他来说都只有一个选择——run，run，run……

　　其实，任何东西都是相互占有的。公共空间对私人空间也是，欲望和偏执也是，这样的力看不见，却客观存在。

　　于是，又告诫自己，保持谦逊。无论褒贬，都是外界附加在身上的东西，少点功利心，少点虚荣心。日有十二时，昼夜各分半。还不知道活着的道理，怎么能知道死呢？人为重，鬼次之，学问需循序渐进，不可躐等而求。人生漫漫，大家都是第一次做人，好好活着，好好等待，不要活得醉生梦死、云里雾里，不要活得粗糙毛躁、如蚁附膻。把自己想通，把自己活明白，知昼则知夜，知始则知终。

所以，打坐、冥想、放空、阅读、跑步、写字、泡茶，让自己在这快节奏和喧嚣的闹市中，有一片纯粹幽静之地，安放内心的妖怪。夜深人静时，问问自己：未知生，焉知死？

第六辑

人皆草木，不必成材

陶然自乐十八则

古人有人生四大乐事之说，不过说法不一，其中之一为：久旱逢甘雨、他乡遇故知、洞房花烛夜、金榜题名时。

在家闭门太久，自说自话，自寻乐趣，赏心乐事共谁论？遂编列陶然自乐十八则如下：

其一，不去顾虑文学、语法和句法的限制，狂乱无章，回归本我，自成一派，抛孤注一掷，倾生命一击，尽人事，听天命。再半个月，第五本诗集可成，第六本杂文集可成。我提起笔，月光就洒满了人间。于是，陶然自乐。

其二，晚饭过后，小杯清酒，挥兹一觞，脑袋溢气坌涌，眼有鬼火，手有神明，执笔写出十余首诗文，可以点燃闪电，照亮人间。"巴山夜雨落衰颜，长夜孤灯照无眠。笔耕不辍钟翰墨，欲把声名震人间。"次日醒来，定睛一看，达到水准。于是，陶然自乐。

其三，入睡之前，闭目养神，想起宋神宗《资治通鉴》御制序曰："惟其是非不谬于圣人，褒贬出于至当，则良史之材矣。"又曰："君子多识前言往行以畜其德。"了悟才德之辨、君子小人之分，故能刚健笃实，辉光日新，心如明镜，来者如照，了了分明。于是，陶然自乐。

其四，荒鸡叫，由它叫，闹钟响，由它响。日上三竿起，吃完早饭，泡一壶茶，看阳光与猫在院子里打滚，万物欢喜，想到阳光走了一亿多公里，照旧落在你的窗棂，门口的向日葵向你微笑，你照旧想起我。于是，陶然自乐。

其五，读南怀瑾，明白学问的根本是君子务本，本立而道生，目的是做人做事。学问不是知识，不是文学，而是拿人生修养来体验、来学习，以求达于"知命"而"自立"的境界。谨记于心，时常自省之，深得奥妙。于是，陶然自乐。

其六，久坐烦闷，捡一只狼毫，狂草无章，翰逸神超，自觉有绵里裹铁之妙，落笔俊逸，字态潇洒，如张芝附体，似张旭在世，仰天大笑，心旷神怡。于是，陶然自乐。

其七，以文会友，方能知己。文字在许久以前，即用来交友。譬如曾子曰：君子以文交友，以友辅仁。用文字来遇见志同道合的朋友，然后所遇见的这些志同道合的朋友，又可以反过来辅助我的仁德。写字作诗以来，多遇同频朋友，收获大群灵动有趣的读者诗友，遂日渐精进。于是，陶然自乐。

其八，因被朋友夸赞有趣、有才、有情、有义。于是，陶然自乐。

其九，早起冥想，想起价值观的大命题"义利之辩"，君子未尝不想得到利益，但专以利为心则有害。行仁义，不求利，未尝不得利。《大学》里说过"物有本末，事有始终。知所先后，则近道也"。明白这两者不是并列关系，是先后关系，因果关系。

义是本，利是末，义是先，利是后，义是因，利是果。理解这个次序，就接近得到了。想到这里，关照自己，事上琢磨，放到自己的事情上，知行合一。于是，陶然自乐。

其十，琴棋书画，诗酒花茶，写字作曲，沉默而富足。做一个安静细微的人，于角落里自在开放，默默悦人，却始终不引起过分热闹的关注，保有独立而随意的品格。于是，陶然自乐。

其十一，读《资治通鉴》。孟子曰："君子立天下之正位，行天下之正道。得志，则与民由之；不得志，则独行其道。富贵不能淫，贫贱不能移，威武不能诎，是之谓大丈夫！"正如我文章所写，如果自己有能力、有野心，想做一番事业，也可以是"为天地立心，为生民立命，为往圣继绝学，为万世开太平"，让世界因为自己而更美好一点。如果能力有限，追求普通，也可以是"躲进小楼成一统，管它冬夏与春秋"，好好生活，好好吃饭，适当让自己自律一点，简单一点，可爱一点。早早明白，量力而行，亦是智慧。人皆草木，不必成材。于是，陶然自乐。

其十二，溯源求本，回归大道，抱朴守拙，问学求新。于是，陶然自乐。

其十三，我思故我在，我在故我思。乘着思想的翅膀飞翔，活出自己生命的颜色，不浓、不烈、不急、不躁、不悲、不喜、不争、不浮、不偏、不倚，是低到尘埃里的素颜，是高擎灵魂飞翔的风骨。于是，陶然自乐。

其十四，于三言两语逗得母亲眉欢眼笑，午餐烹出美味佳肴，大食三碗。"人生在世何须愁，大口吃肉，大碗喝酒，快哉！'莫笑农家腊酒浑，丰年留客足鸡豚。'"于是，陶然自乐。

其十五，古代文人把身外长物，作为其生存空间和审美视野，如赵明诚集青铜、项子京蓄书画、米万钟藏古石。闲余之时，放一曲古琴曲，抚摸着紫砂、粗陶、汝窑、哥窑、青花风格的瓷器，让人心生虔诚，心生欢喜，在这些风雅中，重塑自己的天地。于是，陶然自乐。

其十六，东吴弄珠客《金瓶梅序》：读《金瓶梅》而生怜悯心者，菩萨也；生戒惧心者，君子也；生欢喜心者，小人也；生效法心者，乃禽兽耳。想起年少羞涩懵懂，看来心生欢喜，面红如霞，大笑我乃小人也。于是，陶然自乐。

其十七，春秋冬夏，四季更替，我让时间静止，又让时间流逝。犹记日复一日，年复一年，一抹相思闲愁，吻她的心思翩翩起舞，虔诚地期盼灿若夏花。于是，陶然自乐。

其十八，在无常中生起应对无常的智慧，在苦中感受大快乐，在空中体悟妙有，去了知无常、苦、空、无我这样朴素的道理，诸行无常，诸法无我，不带有自己的成见与偏见。于是，陶然自乐。

陶然自乐十八则，各位且听且看且行且乐。

不如吃茶趣

说起我与茶的故事，也是很有趣。犹记自己还是个孩子的时候，就看到我妈背着小竹篓采摘一些树叶，回家炒制、揉捻、烘焙，用来泡水喝。后来才知那树叶是茶叶，妈妈制作出的是绿茶，所以，我最早接触的也是绿茶。不过那时我妈每日泡制浓浓一大杯，也会给我分一小杯，其味苦涩，避之不及。

后来去了北京，认识了茶叶方面的前辈和饮茶的朋友，对茶叶、器具和冲泡手法有了更多了解，便发现其中乐趣无穷，品出百般滋味，真正爱茶也是从那时开始。

了解多了后才知道六大茶系，除了绿茶，还有红茶、青茶、黄茶、白茶、黑茶。每个茶系再往细的品类分，门类繁多。

黄茶，是一款微发酵茶，像青春少男少女，拥有一颗年轻的心，也有一份细腻的思。有黄芽茶、黄小茶和黄大茶，淡如清荷，滋味甜滑，像少女穿着碎花长裙在微风阳光里转个圈，像散发香香甜甜的初恋，那是独特的滋味。白茶，号称万药之王，一年茶，三年药，七年宝，茶叶从嫩芽嫩叶到老白茶，犹如人走过的一生。阴天下雨或下雪的时候，煮点老白茶，喝上一整天，可以就此冬眠，可以就此老去。我喝过的红茶偏多一些，红茶是一款全发酵茶，从茶树的嫩芽到古树的壮芽肥叶，都给人以温婉、恬淡、宽容、温暖之感。扑鼻处是甜嫩的香气，入口时是轻柔的香甜。我喝熟普的时间最长，醇厚浓郁，温和如老人，谦逊、规矩、中正平和，平淡朴实，却是生活本位。轻嚊一品，唇齿留香，有一种沉稳和厚重感，仿佛摸着裹满青苔的城墙，看到我赤裸的灵魂。

喝茶也特别讲究。总是第一杯要倒掉少许，敬天地，敬鬼神，然后才可尝这杯茶水，继而品第二杯。第二泡水，色泽、口感最是恰当，入口不苦，却回甘浓烈，而第三泡水就缺乏些生机，逐渐平淡。《红楼梦》中妙玉也说："一杯为品，二杯即是解渴的蠢物，三杯便是饮牛饮骡了。"

茶道讲究五境之美：茶叶、茶水、火候、茶具、环境，其实这是一种仪式感。茶道中有规矩，需把控时间，有先后流程。有了仪式感使喝茶看起来不那么"随便"，或许多给人一些安全感。分茶的器皿叫"公道杯"，寓意利分百家、公平公道；盖碗又叫"三才杯"，盖为天、托为地、碗为人，寓意天地人和。大多南方生意人，会在品茶过程中谈合作，彼此的想法在茶水的熏陶、碰撞、融合中，沟通起来多了一份亲切感，不至于一言不合就拍案而起，可以让生意变得不那么仓促，有礼有节，考虑得周全得当。互不吃亏，合作也就水到渠成。

茶兴于唐，而盛于宋。

《文人品茶》中有提及唐代文士对茶是有敬意的。杜甫在《重游何氏五首》谈到春风中品茗，"洛日平台上，春风啜茗时"。

在颠沛喧嚣的尘世，坐在平台上面看着落日霞光，吹着春风，想着初恋，回忆过往，品着清茶，既难得又诗意。在冬日的夜晚，捣茶，煮茶，焚香，品茶，看雪，"夜臼和烟捣，寒炉对雪烹"。只要有茶，有火，有思念，可以度过寒冬和漫漫长夜。

到了宋代，大家对茶的关注空前提高，就连皇帝都写了茶学论文《大观茶论》。宋徽宗赵佶是个天生的艺术玩家，虽然是个蹩脚皇帝，却写得了瘦金体，画得了花鸟、人物、山水画，玩得了茶之道，也算得上能与陆羽、蔡襄并列的一流茶人。陆羽《茶经》中有"荡昏昧饮之以茶"，唐朝隐士施肩吾说："茶为涤烦子，酒为忘忧君。"远离了昏昧、烦躁、焦虑、孤闷，才能进入一种化境。

在道教看来，它能体认"道"的意味；在佛教看来，它能悟出"禅意"。对于茶的意味，文人茶客们提到了一些适合品茗的非常时刻，诸如心手闲适、披咏疲倦、意绪纷乱、夜深共语、风日晴和、轻阴微雨、小院焚香等，也都是风雅消遣之事。

茶在唐中期以后，是与酒并列的饮品，很多爱酒的文人同时爱茶，但一心品茶的文人很少同时爱酒。

曾经的我生性恬淡，不善饮酒，唯独喜欢上饮茶，后来也开始喝酒，个中滋味无穷，都是一种乐趣，都是一种生活。喝酒是上天入地，是横刀跃马，是"香魄已飞天上去，凤箫犹似月中闻"，是"黄沙百战穿金甲，不破楼兰终不还"，喝醉了可以取敌军项上首级。喝茶则是做隐士，是茕茕子立，是"浮世到头须适性，男儿何必尽成功"，是"忘归亲野水，适性许云鸿"，喝久了可以听孤独开花。

喝茶容易遇知音知己，这也是我偏爱茶的原因。

对于真正的知音知己而言，好到可以同穿一条裤子，好到世间无人可替代，好到不能退而求其次，好到可以同床共枕话天明，容易有"高山流水"之旷世创作。不关乎尊高卑贱，不关乎才貌丑美，只要彼此心意相通，泡杯老茶，你懂我懂，就足以应对这浮躁如斯蝇营狗苟的世界。繁花落尽，灵魂就已在归途了。

煮水静坐，提壶沏茶，三两知己，谈诗赏乐。七碗受至味，一壶得真趣，不如买书去，不如吃茶趣。

己亥年（2019）于武汉楚河汉街。

我要尘世的幸福

很多人问，该选择大城市还是小城市生活，我觉得这个问题难以回答。每个人在成长中的经历和环境，都会塑造一个人的性格和心性，究竟适合待在大城市还是小城市，只有自己知道。只要能做一些自己认为对的事，自己能力、智商范围之内的事，更游刃有余一点，更开心一点，我觉得都好。

大城市让人流连忘返，小城市让人安逸平安。

小城市的烟火气息、鸡鸣狗吠、农舍井然、人情冷暖，大城市的爱恨嗔痴、觥筹交错、繁华若梦、灯火阑珊，各有千秋。大城市既然有它的富贵繁华，也一定有它的昂贵物价；小城市有它的小富即安，也一定有它的粗糙简陋。就如一个人要有一以贯之的世界观，不能要自由的时候，把某一套拿出来；要物质的时候，就把另一套拿出来。

我觉得一个事物摆在眼前，不能只拣出它利好的部分，而不接受它有瑕疵的部分，就像真心喜欢一个姑娘，不能只喜欢人家穿旗袍时精致优雅或者穿碎花长裙、梳着麻花辫时清纯可爱的样子，要喜欢就连同她背后的悲伤、落寞和小脾气都喜欢，都接受。

如果选择大城市，就接受它也许不能安放肉体的现实，那就好好锤炼自己的灵魂；如果选择小城市，就接受它也许不能安放灵魂的无奈，那就好好善待自己的肉身。无论在哪，都需要自己深一脚浅一脚地走。

　　天下无易境，天下无难境，难易存乎一心。

　　生而为人，各有执念。有人追求灯红酒绿，有人追求静谧幽深，有人追求家财万贯，有人追求千年不朽，有人追求声名显赫，也有人追求美人在侧。但通常，我们追求我们想要的，老天爷也只愿意给它想给的。所以，通常是求而不得，或者所得非所求，这也是人生常有的事。

　　所以，也不用那么“克己复礼”。每年给自己定个小目标，给自己准备个生日礼物，然后感恩回馈身边每一个人，过好每一天的生活，随缘遂愿。当然，随缘不是得过且过，因循苟且，而是尽人事听天命。欲望太多，执念太多，实在放不下的时候，去转转医院，转转墓地，会容易明白，已经得到太多，已经太幸福，再要就是贪婪，再要就是罪恶。人学会知足，会更想好好活着。

　　如今，慢慢地觉得幸福不再是一套鞋帽，拥有就幸福，也不再是一个目标，达到就幸福；而是一种最稀松平常的心态，领悟就幸福。有时候从闹市和人群中，能体味最本真的生活，体察纷杂的真善美和假恶丑，以及人们从脚板底升腾起的热乎乎的欲望和精气神。

　　我并不是一些人口中不食人间烟火而活在云端的人，我也并不要求自己出淤泥而不染，濯清涟而不妖。偶尔妖娆一下，做一个文青翘楚、浪子班头，做一个唐伯虎式的人物，无可无不可。当然，做个生活艺术家，是远比画家、作家、音乐家更智慧、更哲思、更难的事。虽然人生在世，无非'吃喝'二字，但要将生活嚼得有滋有味，把日子过得活色生香，往往靠的是嘴巴下边一颗浸透人间烟火的心。

所以，有如数家珍的珍藏CD，有满书架的国内外小说，可以周游世界的山水，有美好灵感创作音乐、诗歌，有良言的知音好友，坚持锻炼保持健康，有品位，有内涵，有情怀，有智慧，有高冷，有幽默，面善声悦，慢热又从容，娴静又儒雅，是理想的生活和人格。

物质愈丰裕，我想要的却愈少。许多人想登上月球，我却想多看看树、看看船、看看蝴蝶恋爱，吃梨、吃桃、吃葡萄酸掉牙。苏子由有诗《我要你》曰："我不住天上的宫阙，我不羡地上的鸳鸯，我不要乍见之欢，我不要只如初见。我要人间的烟火，我要温暖的渴望，我要你，我要尘世的幸福。"

寻常生活，最抚人心，乱世中出世，又静谧地入世，带着一身的烟火气息，璀璨地蛰伏于尘器。平凡也欢喜。

人皆草木，不必成材

一些人在年轻的时候总觉得自己是块儿料，认为除自己外的其他人一概都傻。但是世界是非常残酷的，最终我们都会在社会的洪流中，被时间的爪牙强行摘下头顶的光环，撕掉光鲜的外套，扯下身上各色的衣服，变成裸露在烈日下一群光溜溜的遮遮掩掩的普通人。

后来，我在北京见识到了无数天赋异禀、智商极高的青年才俊，无数热情叫卖、摆摊卖货的夫妻。灯红酒绿，三里屯和工体的夜晚，华灯初上，放眼望去，一片妖娆。

于是，年少时也曾经想过在繁华的都市，开创一片天地，纵横四海，也幻想过改变世界，所以吃尽苦头，把自己熬得鸠形鹄面，熬得须发皆白。后来经历几番事，我终于明白，我能做的也只是手头上这点事，也只是我认知范围内的事。开始知道想把一件事做成，除了最基本的勤奋和努力，还有"势、道、术"、性格、运气，以及岁月的沉淀、心性的磨砺、对世界的体认和偶然间醍醐灌顶的悟道，而不仅仅是一腔抛头颅洒热血的热情。

我希望我的生命有很多种体验，而不是一味地追求成功。世俗意义上成功的条件涉及太多因素，是没法轻易复制的，我更愿做一些自己喜欢的事，感受生命的过程。所以，不必在某一件事上，太苛责自己，太与自己较劲。如果自己有能力，有野心，想做一番事业，也可以是"为天地立心，为生民立命，为往圣继绝学，为万世开太平"，让世界因为自己而更美好一点。如果能力有限，追求普通，也可以是"躲进小楼成一统，管它冬夏与春秋"。好好生活，好好吃饭，适当让自己"自律一点，简单一点，可爱一点"，量力而行，也是一种智慧。

年轻的时候，我们也许愚昧，也许无知，但适当的年龄，我们要学会承认自己是芸芸众生中的一个普通人，接受自己的平凡，明白并不是每个人都一定要成功，也并不是每个人都一定能成功。人皆草木，不必成材。

当然，这也不是意味着让自己变得平庸和懒惰。只是终究要明白，书读不完，字写不完，事做不完，钱赚不完，爱谈不完，欲望填不完，不用蹲着、跪着、撅着硬是把自己逼成疯子、傻子、呆子。倒不如活得轻松一些，做一些自己认为对的事，自己能力、智商范围之内的事，或许更游刃有余，更开心一点。"飞鸟灭时宜极目，远风来处好开襟。谁知不离簪缨内，长得逍遥自在心。"

占有和存在

我们是谁？我们该去向何处？我们的终极目标是占有一切想占有的东西吗？是不是占有了就会幸福？如果不去占有，那我们该如何存在？那什么才是存在？存在的意义是什么？

我曾经经常一个人在深夜想这些问题，我觉得简单也复杂。

两千多年前的亚里士多德，在他的哲学著作《形而上学》中，探讨"作为存在的存在"（beings as being）时，就曾发出过这样的感慨：无论过去、现在还是永远，那永远被追寻、也永远令人困惑的，都是"什么是存在？"因为排在有关物理学著作的后面，故名为"Metaphysic"，意思是"物理学之后"，中文译名"形而上学"，其实是借用了《易传》中"形而上者谓之道，形而下者谓之器"一语，阐述了存在论、目的论的宇宙体系等。

几千年前，以老庄为代表的道家，认为"道"是万物起始与宇宙本源，天下万物生于"有"，而"有"却生于"无"。能够派生出天下万物的"道"，本性也是"无"。而西方的早期古希腊哲学家们，认为存在是变化着的万物后面的不变本体，即哲学上的本体论。如泰勒斯认为水是万物之源，阿纳克西曼德认为基本粒子构成世界本源，阿那克西美尼认为气是世界本源，赫拉克利特认为火是世界本源。后来，巴门尼德明确提出了"存在"的概念，把本体论转化为存在论。

再到后来，康德提出知识论，指出存在即知识。尼采认为要回到追问自我。海德格尔在克尔凯郭尔之后提出了"当代存在主义"，即在无意义的宇宙世界里，塑造自我、活出生命的意义。

我倒觉得其实最终还是会回归到自我认知与自我价值实现的问题上。

那么存在的本质是什么呢？如果说到我们人类存在的终极归宿，当然是幸福。有存在，也就会有占有。佛家说贪、嗔、痴，其实就是人的欲望，包括一些暂相、别相、异相、坏相、幻相。我们大众看到的是"有"，就是"万有世界"，而他们认为天地万物的真谛是"空"，一切"有"的本性都是"假有"，也就是"别相"，但是相状上却是实实在在地存在着。

如今一些人，不断地换大房子、大车子、大帽子，不断地购买消费，不断地占有，对物品是，对信息是，对土地是，对大自然是，对动物是，对人也是。本想让外物填满自己的空虚、寂寞、虚荣、自卑，结果自己心中的那个"我"却越来越空。易卜生在戏剧《培尔·金特》里比喻这类人就像洋葱，当一层层地被剥去外壳时，发现里面竟是个空心。

关于占有和存在，我觉得也是一种人生取舍的态度和生活方式。

占有是外物的取舍，存在是内心的体验，所以庄子说"物物者非物"，其实就是以万物创造者的身份对物的摆脱。如果以道观物，物与物之间没有贵贱，如果以物观物，那就一定自贵而相贱。我们痛苦烦闷，比如为什么她不是我的，为什么那个头衔不是我的，为什么那一百万不是我的……就是因为太少以道观之，太多以物观之。

所以站在占有这一边，就容易成为物的俘虏，得到的是更多束缚；站在存在这一边，就更会体验到美好，更能激发内心的潜能与创造力，更幸福自由，无远弗届。

马尔克斯在《百年孤独》里提到生命中曾拥有过的所有灿烂，终究都需要用寂寞来偿还。我认为确实如此。一些人喜欢造神也喜欢毁神，成就一个人光环的是一批人，把一个人摧毁的大多时候也是这一批人。我还是愿意把自己当作一个认真生活、认真做事与认真读书写字的普通人，不把自己抬得太高，孤独一点，寂寞一点，不让这些东西占有我、支配我。我没有大家想的那么好，也没有大家想的那么坏，我不以善小而不为，我不以恶小而为之。当然，我也不希望过完一生以后，大家对我的评价就仅仅是一个单纯的好人，也不想成为家财万贯的富人。

但是，我会有自己的志向所在，会更重视存在的意义，不求成功，但求成事，以及珍视生命的体验与美好。李白说"忆昔作少年，结交赵与燕。金羁络骏马，锦带横龙泉"，岑参说"功名只向马上取，真是英雄一丈夫"，李贺说"男儿何不带吴钩，收取关山五十州"，自古及今，年轻人都希望建功立业，都希望有所作为。当然，这是普遍追求，追求一种创造者的身份。

重视存在的人，会尽可能地运用自己的能力，去突破自己，创造价值，享受思维的乐趣。比如诗人、作家要尽一个读书人与思考者的职责，用想象力、思想和智慧去提供精神财富，愉悦自己。

埃里希·弗洛姆就在《占有还是生存》里告诫世人说，一个人如果"占有"的太多，便难免丢失了自己。我们的占有欲使我们认为占有更多的物质是我们活着本来就应该做的事。但最终看起来好像拥有一切，可实际上却一无所有。

因为自己所有的、所占有的和所统治的对象，都是生命过程中暂时的瞬间。所以有人把"缘起性空，无常无我"当作信条，认为万事万物都是远近各种关系的偶然组合，生存与灭亡，占有与失去，存在于虚无，所有的本性都是空。而空又意味着一种剔除与舍离。《心经》里说"无无明，亦无无明尽，乃至无老死，亦无老死尽，无苦集灭道，无智亦无得"，其实总结一下就是两个字"无常"。所以，一些短暂的占有都不靠谱，也无法令人产生依赖依靠，因无常而不去依赖依靠，就叫"自在"。

那我们该如何存在呢？

对于普通人来说，我不觉得这是一个没有边界的问题，也不需要无穷无尽地追究。我至今都记得《活出生命的意义》一书里提到尼采曾说的那句话：知道为什么而活的人，便能生存。其实就是个人要找到自己的生活方式与生存意义。

当然，对于我个人来说，所有占有的物质与荣耀，在青春岁月与懵懂天真面前都黯然失色，所有出将入相的繁华与荣耀，在春风杨柳与姑娘长裙飘飘面前都黯然失色。如果最后要说活成什么样子，用《世说新语》中一句话来概括就是："我与我周旋久，宁作我。"

闭门即是深山

小的时候，喜欢热闹，长大了，喜欢山水，喜欢自己一个人待着，随便读点儿，随便想点儿，随便写点儿，再随便喝点儿，就觉得美好。

毕业后自己创业的那段日子，没日没夜地工作，没日没夜地学习新技能，生怕被北京这个城市淘汰。后来，我总会想，人为什么要赚钱？不赚钱不行吗？为什么有时候赚钱一定要喝得烂醉？赚钱的目的是什么？人生的终极意义又是什么？我在这个偌大的城市里有些迷茫了。凌晨站在五道口，分不清明晃晃攒动的东西究竟是月亮，还是路灯，还是人的脑袋。

我给自己按下了暂停键，开始留出一些时间给自己用来冥想、阅读、跑步、登山、听歌、泡茶。于是也开始明白了，其实人生无终极，只是那些看似有用无用的事物和过程，能让人身处不同的环境，体味到百般的滋味，就开始有了温暖，开始有了浪漫。

毕竟，生命无常，诱惑无处不在，如果不把自己的手和心按住，难免容易走上邪道。所以还是要拍拍身上的土，去去心上的灰，心清如水，"用志不分，乃凝于神"。闭门即是深山，读书随处净土。多读几本旧书，多研究点学问，滴水穿石，绳锯木断。当然所谓的闭门，不是归隐荒山野岭，心如死灰，不是怨天尤人，只扫门前雪，不是一人吃饱全家不饿，也不是埋首苦思，只写拙著。

而是，我无论做什么，都能专注、严谨、极致，都能让自己的屁股不偏不倚地坐在板凳上，能懂得伤心趁早、出名趁晚，能够不刻意避世而是心远地自偏。像洪应明在《菜根谭》中所说：

> 缠脱只在自心，心了则屠肆糟廛，居然净土。不然，纵一琴一鹤，一花一卉，嗜好虽清，魔障终在。语云："能休，尘境为真境；未了，僧家是俗家。"信夫！

我也开始发现，好的文字、书法、绘画、音乐，需要好的环境滋养，要想达到一定的艺术境界与审美境界，对于个人来说，往往诞生于一个人最自由的内心。清人黄图珌在《看山阁闲笔》中道出了审美的标准："文案所需，当求古物，愈古愈妙。"古人好古，我慢慢也偏爱经过时间洗礼的旧器物，以及穿越千年经过大浪淘沙过滤下来的文字。

无论是琴、棋、书、画、诗、酒、花、茶，都是风雅之事，也是审美的世界，都可养我们的浩然之气。在书与画中，茶与酒中，下接地气，上达星河，打通自我与天命、小宇宙与大宇宙，"万物皆备于我"。当然，浩然之气是"集义所生者，非义袭而取之也"，是日复一日的正心正念，是年复一年的积累，使人在做事时会更专注，像鹰抓白兔，像母鸡下蛋，会更容易有所成就。

但我觉得闭门之后，也不是每个人都能在这样的环境里生长成最开始理想的样子，这个也是因人而异，因人而雅。就像每个人读书都会有自己的解读和感受，有人读着读着学到了"桃园三结义"的兄弟情义，有人学会了西门庆的风流成性，有人学会了楚庄王的尔虞我诈，有人学到了齐桓公不背曹沫之盟的诚信。无论是琴棋书画，还是读书写作，都需要好的审美。而审美之境，学养为先，所以要把自己的手和心按住，多认真专注地做事，多把屁股放在板凳上沉一沉，读读好书，多正心正念，不能表面学人家闭门归隐，像个绅士、才女、文人雅士，背地里行为不检点，那就是另外一回事儿了。

所以，一书，一画，一笔，一墨，一茶，一壶，一盏，一琴，一酒，一香，一草，一木，以无用之事遣有涯之生，给自己开开脑子、提提气质、正正德性，得天地生息，得精神所寄。这些长期与我们私交的风雅之物，可以润泽我们精神上的干涸与荒芜。《庄子·天下》篇说：

> 芴漠无形，变化无常，死与生与，天地并与，神明往与！芒乎何之，忽乎何适，万物毕罗，莫足以归，古之道术有在于是者。庄周闻其风而悦之。以谬悠之说，荒唐之言，无端崖之辞，时恣纵而不傥，不以觭见之也。以天下为沉浊，不可与庄语，以卮言为曼衍，以重言为真，以寓言为广。独与天地精神往来而不敖倪于万

物，不谴是非，以与世俗处。

工作几年后，我也发现改变别人是根本不太可能的事，人心难测，风云难测，南锣鼓巷的胡同深浅难测，后海酒吧的秘密难测，一切都难测。

唯一能做的，就是用自己的脚丈量自己的生活，用自己的手写自己的本心，让精神和天地相往来。明朝陈继儒从官场退隐闭门谢客后，对着一扇小窗写了《小窗幽记》，说"交友须带三分侠气，做人要存一点素心"，"清斋幽闭，时时暮雨打梨花；冷句忽来，字字秋风吹木叶"，"初弹如珠后如缕，一声两声落花雨；诉尽平生云水心，尽是春花秋月语"，可谓是闲情逸致，自在随心。他在《太平清话》中列举了一些东方文化中的通灵时间：凡焚香、试茶、洗砚、鼓琴、校书、候月、听雨、浇花、高卧、勘方、经行、负暄、钓鱼、对画、漱泉、支杖、礼佛、尝酒、晏坐、翻经、看山、临帖、刻竹、喂鹤，右皆一人独享之乐。

一个人也可以活出一个新天地，任凭人生无常，任凭世人难测，都不去理会。于是，闭门谢客，与外部世界划出一条三八线，在这些通灵时间中，放下钱财、美色、权谋、私欲的追逐，消磨一些情、仇、爱、恨、贪、嗔、痴、慢、疑。

或许，有一天推开门，可以见山是山，见水是水，然后见山不是山，见水不是水，最后见山还是山，见水还是水。可以甩开膀子写字，放下尾巴做人，可以开怀不笑八卦新闻，可以闭口不论世上男女，饿就吃饭，困就酣睡，得失随缘，心无增减。

在这一方天地，或听，或说，或读，或写，或思，或想，或睡，或坐，或立，或卧，或头悬梁，或锥刺股，任凭风吹草动流言蜚语，只留给外人一句"关你何事，关我何事"，高高挂起。

守拙，己亥年（2019）岁末，苏子由书。

我的两个爷爷

我有两个爷爷。

第一个是大家口中温润如玉的教书先生，但老爷子走得很早，我未曾见过，我一直管他叫"第一个爷爷"。小时候总听奶奶以及老一辈提及他，说他年轻时长得眉清目秀，留着一头黑黝黝的短发，又浓又黑的眉毛下，两只眼睛炯炯有神，一副英俊模样，放在今天，也是鲜嫩派的代表。也有人说，他表面看起来虽然态度严肃、凛若冰霜，对待学问一丝不苟，但私底下待人心平而气和、朴实有礼、如沐春风。

我欣赏认真做学问的人，所以每每听到关于老爷子的话，我会心生崇拜，脑海中浮现他白衣飘飘、传道授业解惑的样子。因为他教语文，所以我有时候会想，如果他带我长大，我会不会早点学习《论语》《礼记》《古文观止》《古文释义》，我的文字水平会不会提高一点？

可我从来没见过他的样子，甚至一张照片也没有，我爸对他也只有模糊的印象。对于他，我很少刻意地向任何人问起过，但他却在我成长的路上给我很大的影响。想起他，早晨八点钟的太阳会更大一点，夜晚的星空会更亮一点，我做事会更严谨一点，会更努力一点。

所以，我不断往好的方向走，尽管他不知道有我的存在。

我的"第二个爷爷"是扛过枪打过仗的军人，和我奶奶生活了几十年。老爷子当年和我奶奶相处的方式呈阶段式的变化。最开始被奶奶骂会频繁回嘴，但发现在部队学习的擒拿格斗、空手夺刃等技能对我奶奶都派不上用场，所以一吵架大多败下阵来。不过有句话说得好：千锤百炼砺精兵。要想把敌人打垮，首先要学会"挨打"。老爷子把这一革命思想充分学以致用，甚至后来做到了极致，无论奶奶多么唠叨，老爷子都能"耳旁闲语清风过"。他"粗茶淡饭饱三餐，早也香甜晚也香甜"，最后悟出"凡事大半天注定，何必三更费心肠""酒肉穿肠过，佛祖心中留"的道济禅师心法。但是，前些年老爷子也走了。他看着我长大，但是走的时候我没看到他最后一面。

老爷子走得悄无声息，似乎和他来的时候一样。

我不知道爷爷是什么时候来到我家的，只知道我一出生他就在了，也是他和奶奶一手把我带大的。他待我们几个孙子都很好，每次给我们分了好吃的就被我们围在中间，我们边吃边听他讲年轻时如何英勇无畏，我们也总是用充满崇拜的眼神仰望他，而他则露出招牌式笑容，和蔼慈祥。长大后，我离家越来越远，回家的次数也就少了。老爷子去世的时候，我正在准备高考，家人怕影响我，便没告诉我。后来，我从电话里得知这个消息，并没有哭，只是不断地发呆。我怪他走得太赶，游魂于千里，还未享儿孙福。

后来我开始能理解很多人，能倾听五彩缤纷的观点，能接受不同于自己的个体存在。我觉得很大一部分原因是爷爷给我传授了"酒肉穿肠过，佛祖心中留"的心法。所以无论工作或恋爱，大部分时候，我会说出自己的观点，也听听对方的观点，可我不会把我的观点强加给对方；若对方的观点要强加给我，我便用我爷爷的方式——微笑面对，天下无敌。

老爷子撒手永诀，时间倏忽而过，奶奶没有骂人的热情和目标了，留下的是无穷无尽的念想和空落。也许多数时候，我们的生命状态，难逃这样的情形，也难逃这样的无奈。

我想起人类的身体，科学家分解到细胞，到电子质子乃至夸克，身体由空聚而成有，又从有分解成无。《红楼梦》里贾宝玉说"女儿是水做的骨肉，男人是泥做的骨肉"，可是人的一生都在躲避泥。活着的时候，三两天洗一次澡，把身上的泥都洗干净，几十年如此直到死去。而死后还是要把全身的泥擦洗干净，换上干净的衣服，入土为安，最终又化为泥土，和花落了没什么两样。然而人活着时最讨厌身上生泥、落泥、沾泥，但是死后又需要泥来掩埋，又和泥纠缠几辈子，或许这也是自然规律。

也许，不管男人女人，都不是水做的，都是泥做的。可是如果人是泥做的，为什么雨水打到脸上会疼呢？为什么处孤室而凄怆，睹遗物而伤神呢？为什么追忆往昔会全身发冷、内心刺痛呢？

近一两年中，我愈发地感到时光飞速流转，像是被谁无意间调快了时针的齿轮，将岁月碾得粉碎。我会开始思考自己的生活，会像个大人一样，千叮咛万嘱咐，告诉老妈要注意身体，要吃好点，告诉老爸要少抽点烟，要多休息。这些年工作的经历，让我得到了很大的历练，遇到了很多人、很多事，也突然想明白了，有些事，是不能等的。

世事乖舛命无常。祝两个老爷子在另一个世界能平安、健康、欢喜，我会多读点书，多成点事，逢年过节给你们多敬几杯酒，多叩几个头。

关于勤奋、天赋和机遇

在今天，大家都在谈成功，但是关于成功的定义，又因人而异，每个人有不同的看法，每个人有不同的活法。

爱迪生认为，如果你希望成功，当以恒心为良友，以经验为参谋，以谨慎为兄弟，以希望为哨兵。卡耐基认为，烹调"成功"的秘方是把"抱负"放到"努力"的锅中，用"坚韧"的小火炖熬，再加上"判断"做调味料。季羡林先生认为，成功＝天资+勤奋+机遇。而我则觉得季羡林先生的看法可能更符合当今这个时代。

人这一辈子，无论是从事写作、音乐、绘画、表演等艺术工作也好，还是其他工作也罢，想要做好就需要"勤奋"，这是最基本的门槛，不容置疑。而想要被更多人看到，就需要"机遇"，有了机会后想做到出类拔萃甚至顶尖，就需要一定的"天赋"。尤其是在艺术领域。

至于天赋，依据德国哲学家康德的文艺创作理论，大致归纳出四种"输出"类天赋，一是判断力天赋，指的是审美判断力，一个人对"美"的认知。二是理性力天赋，也就是控制力、意志力。三是理解力天赋，也可以叫悟性。四是想象力天赋，比如联想力、想象力。但是这些天赋与勤奋的关系如何呢？爱迪生说：
"天才是百分之一的天赋加百分之九十九的努力。"但在我看来，
二八分或三七分可能更合理。

王国维在《人间词话》里写道，古今之成大事业、大学问
者，必经过三种之境界："昨夜西风凋碧树。独上高楼，望尽天
涯路。"此第一境也。"衣带渐宽终不悔，为伊消得人憔悴。"此
第二境也。"众里寻他千百度，蓦然回首，那人却在，灯火阑珊
处。"此第三境界。

第一境界这词句出自晏殊的《蝶恋花》，原意是说，昨天夜
里秋风劲吹，凋零了绿树。"我"独自登上高楼，望尽那消失在
天涯的道路。这句词有凭高望远的苍茫之感，也有不见所思的空
虚怅惘，但空阔、毫无窒碍的境界却又使人从狭小的帘幕庭院的
忧伤愁闷转向对广远境界的骋望。王国维用这句词指做学问要用
心、专情、专一、专注，耐得住寂寞，学会站在巨人的肩膀上思
考问题，登高望远，拔高思维认知，了解事情的本质与样貌，"望
尽天涯路"。

第二境界是出自北宋柳永的《凤栖梧》最后两句词，原意是
说，我渐渐身体消瘦，衣带宽松也不后悔，情愿为她瘦骨嶙峋，
满目憔悴。意思是说做学问成大事业不是轻而易举的，必须坚毅
执着、无怨无悔，要像渴望恋人那样，废寝忘食，孜孜不倦，人
渐瘦而带渐宽也不后悔。

第三境界是出自辛弃疾的《青玉案》，原意是我在人群中寻
找她千百回，猛然回头，不经意间却在灯火零落之处发现了她。
不慕荣华，甘守寂寞的一位美人形象，其实也是寄托了作者理想

人格的化身。意思是说做学问要经过反复追寻研究，如切如磋，如琢如磨，只要付出心血，就可能有成功的喜悦，"山重水复疑无路，柳暗花明又一村"，只要肯下功夫，自然会豁然开朗，眼前一亮，如醍醐灌顶的顿悟。

其实对于天赋，我们理解也有错误的地方。

大多数人会认为，天赋就是天生具备的某种能力，不需要努力就已经获得的并可以使用的东西。但实际上，天赋只是潜力，后天是否可以顿悟或者转化为某种超乎常人的能力，就需要勤奋的刻意练习。比如，对一件事有比任何人更高的热情，或更坚韧的毅力，或更强的好奇心，或把屁股放在冷板凳上的时间能比别人更长久，这些在另一个层面，都是一种"天赋"。小时候我们经常听到数学家陈景润的故事，说他大热天一个人躲在闷热的阁楼里演算哥德巴赫猜想，用掉的稿纸如雪花一样铺满了地。在外人看来，这或许是无聊乏味的事情，但对于陈景润来说，就是他的"天赋"。以及，张无忌跟张三丰速学太极剑，一经点拨即刻豁然开朗的背后是对武学的热爱；令狐冲十余天后参悟"孤独九剑"的天资聪颖来自极强的专注力；杨过聪明绝顶靠的是韧性和坚持；郭靖的外在笨拙掩藏的是他的"大气"。其实，这些都跟王国维先生说的三种境界，大致是一个意思。

说到天赋或者天资，骆宾王七岁能《咏鹅》，蔡文姬六岁可辨琴，解缙十二岁读尽《四书》《五经》，对于大多数人来说，我们都还是一个像曾国藩一样天资平庸的普通人。但就是曾国藩这样的"笨小孩"，通过自身不懈的努力，被后世称颂为"千古第一完人"，被称为"同治中兴诸名臣之首"。

上帝给人的大脑设置了一个神奇的开关，只有在经历起伏较大的人生波浪后，人才有可能获得某种思考上的深度与高度。如果这一生太顺风顺水，就不太可能看到生命的本质而变得透彻。

随着经历的增加和年龄的增长，我发现真正的天赋不是我们想象中的那种电光火石，更多的是勤奋，能先让自己扎进去，能长时间地专注，有足够的积累、足够的领悟后，主动去发现自己的天赋所在。如果自己愿意在某件事上投入大量的时间、精力，所能突破的天花板就会更高。这其中的天赋与勤奋，其实是相辅相成的。

小时候，我觉得勤奋、努力了就一定成功，后来发现勤奋、努力也不是全部的条件，还需要机遇、天赋、风口、趋势等因素。

至于机遇，我们也叫命运、运气，比勤奋和天赋更加难以量化、难以捉摸，所以我不知从何谈起。而关于运气与修炼的关系，曾国藩曾说："事会相薄，变化乘除，吾尝举功业之成败、名誉之优劣、文章之工拙，概以付之运气一囊之中，久而弥自信其说之不可易也。然吾辈自尽之道，则当与彼赌乾坤于俄顷，校殿最于锱铢，终不令囊独胜而吾独败。"其实，慢慢地也能明白，成就的高低大小、影响力的强弱，有时候我们自己是掌控不了的，因为三分之一是勤奋，三分之一是天赋，三分之一是机遇。

等我走了很久的路之后，才发现，原来只有勤奋、努力才是我自己唯一可控制的东西。其他的因素也很关键，但却都是我个人难以把握的变量。

达则孔明，穷则渊明

后生苏子由再拜陶渊明先生尊鉴：

老祖宗您好啊，见信如晤。

您是后生心中又浪漫、又随性的大诗人，我知道您在生活苦闷或者怡然自乐的时候，就会用诗酒释放情绪。您知道吗，后世有两个年轻人，一个叫太白，一个叫东坡，都学您这样纵情诗酒，后来都成名垂千古的大诗人，后生可畏吧！

我一直都想给您写信，今天杯酒之后心情非常畅快，所以也想跟您唠唠家常话。晚辈不是掌管全村生产线的男人，也不能站在山头呼风唤雨，我买不起锄田限量版拖拉机，也没吃过大锅饭，但是我从小在围着篱笆的大院里长大，也算了解您的田居生活。"白日掩荆扉，虚室绝尘想。时复墟曲中，披草共来往。"我们相见无杂言，我们只道桑麻长。

在这个物竞天择、适者生存的时代，您笔下的桃花源成了无数人的梦想，于是大家一边加班熬夜往口袋里抓钱，一边高举追求诗和远方的旗帜。

您年轻时胸怀"大济于苍生"之志，想通过入仕做官造福一方百姓，可惜无奈官场黑暗，不为五斗米折腰的您，一句"归去来兮，田园将芜，胡不归"，将自己的魂魄从官场上呼唤回来，最终归隐田园。晚辈可能遗传了您的一些基因，爱独身、爱闲静、念善事、抱孤念、爱丘山、有猛志、不同流俗……

晚生早年做教育、做企业，想为社会提供一些有价值的服务，为家庭教育和孩子们做一些贡献，造福一方百姓，但是其中也有很多无助和无奈。后来，我也越来越喜欢深居简出、抱朴含真、怡然自乐的生活，偶尔泡壶茶，偶尔几杯酒，在诗歌的字里行间，看昼夜交替，看似水年华。晚辈和您的心境变化极度相似，所以也非常能理解您。

其实，初出茅庐的年轻人哪个不是血气方刚、牛气冲天，一副欲与天公试比高的模样呢？我曾读过陈人杰的一篇《沁园春·诗不穷人》，其似乎对于文人与权贵的关系别有见地，词作不长，摘录于此分享给您：

诗不穷人，人道得诗，胜如得官。有山川草木，纵横纸上；虫鱼鸟兽，飞动毫端。水到渠成，风来帆速，廿四中书考不难。惟诗也，是乾坤清气，造物须悭。金张许史浑闲。未必有功名久后看。算南朝将相，到今几姓？西湖名胜，只说孤山。像笏堆床，蝉冠满座，无此新诗传世间。杜陵老，向年时也自，井冻衣寒。

西汉宣帝时的四大家族，他们都是高官贵戚，都曾权倾一时，可是今天谁又能记住他们呢？南宋王朝的权贵奸佞，他们气焰嚣张，穿金戴银，但是哪个不被人们所唾弃呢？但您一句"采菊东篱下，悠然见南山"，仅仅十个字，历经多少山川岁月、改朝换代，而依然千古流传、万古流芳，您还有什么好遗憾的啊！得句胜于得好官，又有什么比这更牛气冲天的呢？

　　如今，一些人一边大赞您不为五斗米折腰的高风亮节，一边又无法割舍那些利益和好处；一边追求田园生活、诗和远方，一边又苟且地活着。其实纵观历史，能拥有您这种智慧和果敢的人也是少之又少，既能位高权重、造福百姓，又能不染纤尘、流芳百世，是太难的事。如何平衡好理想和现实这对矛盾，依然是个千年难题。

　　您爱诗、爱琴、爱酒、爱读书，心接万古，在酒中寄托一段清醒闲适，"吾尝得醉于酒，足矣"。对于您来说，有酒常醉，便知足了。您去别人家喝完酒就走，别人来自己家，如果您没醉，您就拿琴给朋友弹首五音不全的曲子。如果您喝醉了就让朋友回家，"我醉欲眠，卿可去"，简直可谓随性率真啊。

　　我一个人独处时也读书写诗，朋友来了开心时就喝酒，有闲情时就泡茶。以前，也想过隐居的生活，但后来想一想也不是真的想做一辈子隐士，我也不为修炼成神仙。我知道我终究还是一介俗人，只是身心不愿受束缚而已，只是追求自由而已，只是追寻诗与远方而已。因为自由对我来说还是太重要了。就如康拉德·劳伦兹在《所罗门王的指环》里所说的一样，人类为了得到文明和文化的超然成就，就不得不有自由意志，更不得不切断自己和其他野生动物的联系。这就是人所失掉的乐园，也是人为文明不得不付出的代价。我们对于世外桃源的向往，不外是我们对这条断了的线头，表示的一种半知觉式的依恋。

心羡孔明，情向渊明。

有人说，少年、青年崇孔明，中年、老年敬渊明，现在正是我敬您之时。我喜欢您的"悟以往之不谏，知来者之可追"，喜欢您的"实迷途其未远，觉今是而昨非"。如今，您的诗歌、散文辞赋、田园生活和那份悠然，为我读书、写字与生活提供了数不尽的美学思想和寄托。

路人甲乙，踟蹰四顾，蝇营狗苟，暮色苍茫。其实就像我以前文章里所写，生命的真正悲哀，不在于从未高官俸禄万人敬仰，而在于，从未能在人山人海的俗世繁华中，陶醉于自己孤独的世界，活成这世上最高尚独特的存在。只有生命的内容、形式是一致时，才是灿烂的生命。

生命无忧的我们，不再担心能否存活于世间，但一些人却迷茫得如行尸走肉般，碌碌无为，何其悲哀，何其惭愧？若不扔掉迷茫、慌乱、纠结和狂妄，将愚昧的心灵、迟钝的灵魂、麻木的神经和堵塞的胸怀，来一次彻头彻尾的清洗，又如何去发现属于自己的价值？救赎属于自身的生命？您说，这岂不是生命的悲哀？

如果有一天，我有能力了，我就像孔明先生一样，成就一番大业，为需要帮助的人做一些事情。如果能力不够，把想写的诗写完了，想爱的人爱完了，想做的事做完了，那我就像您一样，回归田园，随时畅饮，随时老去。"归去来兮，请息交以绝游。

世与我而相违，复驾言兮焉求？"我悦亲戚之情话，我乐琴书以消忧，我或命巾车，我或棹孤舟，我既窈窕以寻壑，我亦崎岖而经丘，我善万物之得时，我感吾生之行休，我穷则独善其身，我达则兼济天下。

这次特意问候您，聊了很多家常话，乐以忘忧，不胜依依。今天就说到这里，如果后生纵情诗酒也在将来成为一代浪漫主义诗人，定当写书再禀。

草率书此，祈恕不恭。

苏子由拜上

庚子年（2020）盛夏